nos domínios do cerrado

Dados Internacionais de Catalogação na Publicação (CIP)
de acordo com ISBD

F826n Francoy, Daniel

Nos domínios do cerrado / Daniel Francoy. -
São Paulo : Edições Jabuticaba, 2024.
164 p. ; 11cm x 18cm.

Inclui índice.
ISBN: 978-85-93478-30-7

1. Literatura brasileira. 2. Contos. I. Título.

2024-3897 CDD 869.8992301
CDU 821.134.3(81)-34

Elaborado por Odilio Hilario Moreira Junior - CRB-8/9949

Índice para catálogo sistemático:
1. Literatura brasileira : Contos 869.8992301
2. Literatura brasileira : Contos 821.134.3(81)-34

9788593 478307

novembro de 2024

Revisão: Agnes Ghisi e Marcelo F. Lotufo
Design miolo: Marcelo F. Lotufo
Design da capa: Marcelo F. Lotufo e Bruna Kim
Arte de capa: Ana Letícia Francoy

Edições Jabuticaba
www.ediçõesjabuticaba.com.br
www.facebook.com.br/Edjabuticaba
Instagram: @livrosjabuticaba

Índice

nos domínios do cerrado

daniel francoy

contos

não existe

Um trovão estremece o quarto. Édipa leva a mão até a mesa de cabeceira e alcança o telefone celular para verificar o horário, mas constata que a bateria do aparelho chegou ao zero. O marido já se levantou, fiel ao seu hábito de correr antes do amanhecer, mas o filho ainda dorme ao seu lado. Ao tentar acender as luzes, percebe que não há energia elétrica, lançando o dia no abismo da hora incerta. O que resta da madrugada vai se dissipando numa sombra que estende uma penumbra azulada e que, ao alcançar cada objeto, pousa sobre ele uma irreal camada de silêncio. Não há relógios de parede e não é possível ligar um eletrodoméstico que informe o horário. Calcula que é algo entre cinco e seis da manhã. Desce até o andar de baixo. Na cozinha, sobre o balcão da pia, há quatro copos com água até a metade, e, ao lado, um cacho de bananas que começam a apodrecer. A porta envidraçada da cozinha se abre para um quintal. Mais além, o muro, e, depois do muro, outro muro, encimado por concertinas de arame cortante. O céu é pálido, no limite do cinza, sujo em contraste com a fumaça branca que sobe das chaminés da pedreira, do outro lado da rodovia. Passa um caminhão que, pelo tremor que provoca no solo, Édipa imagina transportando uma carga incalculavelmente pesada. As árvores, destruídas pelo incêndio de algumas semanas atrás, ainda não recuperaram a sua folhagem, e ela vê, no galho mais alto, a silhueta escura de três pássaros. Édipa senta-se diante da mesa e percebe que o sono vai voltando para o interior dos olhos. Antes de voltar para a cama, anota num caderno que está aberto na mesa da sala de jantar:

Não existe:

O azul de Vermeer
O amarelo de Van Gogh
O vermelho de Goya

Existirá o horror puro de Kurtz?

novela vaga

A conversa seguia sobre projetos adiados, ou, se iniciados, nunca terminados. Ícaro quis fazer graça e disse já sou mais velho hoje do que Kafka quando não terminou *O Castelo*, e Juarez respondeu com a minha idade, Mozart já havia composto o próprio réquiem, e foi então que Ícaro, no início da embriaguez, sentenciou: mas o que dói mesmo é ser mais velho do que Iggy Pop quando gravou "Candy", e quis cantar, com uma inflexão grave na voz, "Candy baby / life is crazy." Acabou, é claro, por não cantar, mas ficou meio nostálgico, e pensou com amargura no que isso significava: estar velho não apenas para as grandes obras, mas, sobretudo, para as rimas ridículas.

*

Wladimir olhou para fora e percebeu que chovia. Era uma dessas chuvas finas de dezembro, que servem apenas para levantar a poeira e tornar o mormaço mais denso. Distraiu-se por um momento e, ao voltar a olhar para a rua, percebeu que não chovia mais. Um homem veio e comprou jornais velhos (é pro cachorro fazer xixi, explicou ao balconista). Mais uma vez solitário, Wladimir distraiu-se ao escutar um barulho vindo do telhado e olhou para o alto, pensando na inconveniência de ratos em meio a tantos livros velhos.

*

Suzana voltava de férias e era sempre a mesma história. Dedicava-se, nesses dias, a uma rotina de domingo: bebia uma cerveja enquanto preparava o almoço, almoçava diante da tevê, vendo novelas antigas, e fazia a sesta. Parecia haver, nessa rotina, não um prazer, mas o consolo de ter passado pelos anos mais difíceis e agora poder se dedicar a um calmo início de velhice. O filho passava mais da metade do mês viajando, então era como se morasse sozinha. Parecia que nada mais aconteceria além da aposentadoria: talvez um neto, em algum ponto futuro. O que deu errado foi a morte do menino. Era com isso que não contava, e o luto se assentou numa depressão movediça. Por isso ficamos todos preocupados quando ela disse que não voltaria mais ao trabalho. Aposto que nunca mais vai sair de casa, declarou Clóvis, amargo, mas também com um ar de revanche que já não se importava em esconder.

*

Diante do leão, solene na sua miséria, percebeu que o filho estava fascinado pela fera enjaulada. Entre duas grades, uma teia de aranha: os fios retesados e diáfanos, arabescos de luz. A aranha que a fiara parecia embalsamada, tamanha a sua imobilidade. Poucos passos depois, encontraram o elefante. O pesado animal parecia catatônico e a cabeça de Édipa foi longe, trazendo uma série de perguntas pueris. Como a gente sabe que um elefante está magro demais? Quantas formigas carnívoras são necessárias para reduzir um elefante ao seu esqueleto? Em algum momento, percebeu que o filho deixara de caminhar ao seu lado. Um coice de pânico atingiu o seu peito.

*

Wladimir havia lido o poema há muitos anos, num livro que pertencia a Verônica, e já nos dias seguintes passou a dizer que era um homem como o retratado nos versos: rosto de um sujeito opaco, que (ao esconder as suas crenças) prestava as devidas homenagens aos deuses locais, e que *come o que se come.* Era o que costumava dizer, em tom de brincadeira, quando ia almoçar com algum cliente e a pessoa perguntava se ele tinha preferências por algum tipo de comida ou restaurante. Contudo, havia ocasiões (sempre mais dolorosas) em que repetia o verso atento à sua verdade. Foi o que aconteceu ao conseguir o financiamento da casa mediante o pagamento de juros extorsivos; e ainda havia a possibilidade de explorar o verso durante um rompante de passivo-agressividade. Serve como exemplo justamente o final do seu casamento com Verônica. Durante uma das últimas brigas, sentenciou você sabe quem eu sou, querida. Eu sou um sujeito que come o que se come, e estar nesse casamento é comer merda todos os dias, depois ler um poema e dar um beijinho de boa noite.

*

Seu Moacir, que era o modo como os pais se referiam a ele, foi porteiro da escola Jardim de Gaia por mais de cinco anos. Era a escola onde Federico estudava e, durante o reencontro, a conversa girou em torno da criança e da escola. Emerson disse que o filho estava bem e perguntou a razão do porteiro ter saído do emprego. A verdade é que saíram comigo, respondeu, e acrescentou que fora dispensado ao se afastar por motivos médicos porque sofrera um acidente de motocicleta. Emerson disse eles são uns grandes filhos da puta, e por um momento o sentimento de revolta os irmanou. Foi quando se lembrou que Seu Moacir tinha um filho que morava fora do Brasil, e perguntou por ele. O velho afirmou que o rapaz ainda estava na Austrália e que não tinha planos de voltar. Emerson, após um instante de silêncio, arrematou, didático. Sabe como se chama isso, Seu Moacir? Êxodo, diáspora.

É o que acontece quando a vida se torna inviável onde a gente está.

*

Dizer que havia comprado espumante, e não champanhe, tinha o efeito de criar um álibi que o libertava da culpa de ser incapaz de economizar. A bebida sequer estava em promoção; um prosecco da Serra Gaúcha na casa dos cinquenta reais, igual ao que havia bebido no Réveillon. Oito meses depois, não podia dizer que vivia um ano bom. Enquanto bebia, quis ouvir música; alguns dos seus prazeres culpados, ou quis que as músicas que ouvia adquirissem essa qualidade: a de um êxtase secreto, algo que tocasse um nervo, o que havia de mais irascível, terno e melancólico no seu coração. Beber o prosecco também era um modo de buscar esse nervo. Então bebia e ouvia música. As mesmas canções que escutava quando ia ao trabalho, as mesmas melodias que o distraíam quando voltava para casa.

*

O conto se passa na semana morta, situada entre o Natal e o Réveillon. Tem como personagem uma garota que voltou para a cidade onde nasceu para comemorar as festas de final de ano. Um dos seus planos é cortar o cabelo no salão de beleza de uma amiga de infância. Chove muito e, na única tarde de sol, ela adormece ao lado da piscina e acorda após vinte minutos, sufocada pelo mormaço (mangas caídas apodrecem do outro lado do muro). Ninguém morre e ninguém está doente. Não há filhos e pais perdidos. Não há memória do amor entranhado na carne. Assim começa esse conto, sem um grande problema, e, se não há um grande problema, é óbvio que não trará uma grande solução. O título é "Telêmaco".

*

O que acha da gente tomar um milk shake? – foi o que Juarez escreveu e me disse onde encontrá-lo: numa bosta de Habib's, às três da tarde, numa segunda-feira. Fui porque sabia que tinha voltado a se drogar e que não deixava ninguém se aproximar há semanas. Cheguei e ele estava, de fato, tomando um milk shake. Era o único cliente. Tinha escolhido uma mesa perto da área kids, diante de um fliperama em que se repetia uma luta entre o Ryu, do Street Fighter, e um lutador que eu não conhecia. Quis saber como ele estava e o que pretendia, mas não quis agir de maneira afoita. Então deixei que falasse. Ele comentou que havia pedido o milk shake de morango porque não tinha de chocolate, e disse que, ao chegar, a rádio tocava "Blue Monday". Então comentou que alguns dias não pareciam reais e, após apontar para o fliperama, perguntou: lembra daquela festa de final de ano em que o Davi apareceu com um Super Nintendo?

*

Na noite em que se tornou o único vencedor de um prêmio da loteria no valor de cento e dez milhões de reais, Wladimir falhava em escrever um ensaio em que contrapunha o adiamento/eminência da chegada dos bárbaros, conforme Kaváfis, a um poema de Czeslaw Milosz. O título do poema é "Retrato Grego", e os versos são uma espécie de autorretrato do poeta no exílio. Para Wladimir, o poema do polonês fazia mais justiça a uma realidade que confunde bárbaros e não-bárbaros, em que a tensão de um mundo que agoniza está paralisada diante de um mundo que nunca começa.

*

Com que facilidade a lembrança de algo que ocorreu se confunde com a realidade dos sonhos ao ponto de adquirir uma natureza híbrida e assim se entranhar na nossa consciência. Um exemplo é o que aconteceu em São João Del Rey há mais de vinte anos, quando chegaram na cidade com um atraso de horas, esfomeados e cansados. O hotel ficava diante de uma praça e, no centro da praça, havia um carrinho de lanche. O pai de Juliano o convocou para ir com ele buscar uns sanduíches.

Era uma noite fria, de chuva intermitente, e enquanto esperavam se formou um denso nevoeiro. Logo depois receberam os sanduíches, voltaram para o hotel e nisso consiste essa memória-sonho: Juliano e o seu pai caminhando dentro da neblina, ele ainda um adolescente, o pai com a mesma idade com que morreria muitos anos depois.

*

"Carne fantasma, a sombra": era assim que começava o poema. Juarez, ao ler, indicou esse verso inaugural. Gosto dessa imagem, disse, e pousou o caderno sobre a mesa da cozinha. Davi fumava um cigarro de maconha. Estava na sacada do apartamento, e, em vasos fixados na parede, havia flores de maio, samambaias e jibóias. Naquela hora da manhã, a luz incidia de maneira oblíqua sobre a sacada e Davi estava na faixa de sol. Gosto de você, Juarez disse, o que confirmou após tomar o cigarro das suas mãos e dar uma tragada: gosto de você e dos seus poemas.

*

Foi logo após eu conhecer Beatriz que a sua presença se tornou insuportável, quando eu voltava para casa com o corpo batido pelo desejo mais inclemente. Uma tarde, tentando me distrair após ter passado horas na sua companhia, liguei o rádio no noticiário local. Uma repórter falava de um cavalo morto nas ruas do Jardim Aeroporto. A putrefação do animal se dava num terreno baldio próximo a uma escola, sem nenhuma medida tomada pelos órgãos públicos. A indignação dos moradores chegara ao noticiário, e a repórter havia levado o caso para o centro de zoonoses, que emitira a seguinte nota: a prefeitura de Ribeirão Preto não conta com um programa de recolhimento de cavalos mortos. Ao ouvir a resposta, passei a adotar o problema como uma medida da pulsão enlouquecida por Beatriz: um cavalo morto apodrece dentro de mim.

*

As escolhas cobram um preço, mas isso ocorre de maneira subterrânea. O resultado não é um cataclismo, mas uma erosão, um colapso silencioso, uma dor difusa de algo que se desmancha e que, até o último instante, mantém a sua aparente integridade. Cecília havia levado quinze anos para chegar onde agora se encontrava: com o marido, com o filho, com o trabalho. Ainda poderia ir embora. Provavelmente seria mais feliz se partisse, mas não poderia fazer isso sem uma dor excruciante, e era no medo dessa dor que estava fundado o sentimento de paralisia que atravessava os dias.

*

É a primeira vez que leio numa concessionária de automóveis. É um texto de Joan Didion sobre a Califórnia; um ensaio sobre o vento do deserto: o Santa Ana, que despenteia as pessoas e faz com que todas as festas terminem em pancadaria, mas isso não é Joan Didion. É, na verdade, Joan Didion citando Raymond Chandler para mim num sábado de manhã, e também é Joan Didion falando sobre o seu esgotamento nervoso. Viemos até a concessionária convocados pela montadora, o que chamam de recall, para reparar um defeito que pode levar o veículo a pegar fogo com mais facilidade em caso de acidente. Então viemos até aqui para diminuir a probabilidade de morrer num incêndio, algo que não se pode adiar.

*

Costuma brincar e dizer que pensou o conto "Penélope" como uma narrativa policial. Para esses casos, diz, o clichê é bem-vindo, e um dos mais eficientes clichês dos romances policiais é o bandido que pretende largar o crime, mas que é obrigado a um último serviço. No caso de "Penélope", escreve sobre uma mulher, casada e com filhos, que pretende algo mais modesto: ausentar-se, mas ignora os custos que isso envolve. Esse é o problema trazido pelo conto: alguém que luta para se ausentar, mas que se torna presente durante um último e impiedoso verão.

*

Sei que acontece de duas pessoas se conhecerem, terminarem em algum hotel ou no apartamento de uma delas, e ficarem lá, trancadas, até a carne entristecer. Mas não imaginei que aconteceria comigo, quero dizer, com a gente, disse, quando finalmente saíram para a rua. Agora estavam numa lanchonete, mas não era nada especial. Era, na realidade, um Burger King que ficava diante do hotel, do outro lado da avenida. Beatriz riu e recostou a cabeça no seu ombro, enquanto esperavam o aviso de que os lanches estavam prontos. Agora não dá mais pra voltar atrás, disse, mas de um jeito que trouxe dúvida ao significado da expressão voltar atrás. Seria voltar para o local onde estavam antes de terem se conhecido, ou seria voltar para o quarto de hotel onde haviam permanecido durante todo o final de semana?

*

Conserva-te puro, provocou Juarez, quando eu disse que havia abandonado a poesia (que expressão mais dramática!) e agora escrevia prosa. Conserva-te louco. A cada parágrafo ruim que escrever, leia um verso de Apollinaire.

*

A casa ficava num bairro residencial, de difícil acesso, e nos dias de semana a praia ficava deserta até o meio-dia. As pessoas que passavam eram pescadores, donos de quiosques que se preparavam para mais um dia de fraco movimento, ou moradores do bairro cortando caminho pela areia. Perto da orla, havia uma escola pública, e teve uma manhã em que caminhava pela areia quando viu algumas adolescentes que tinham fugido da aula. Estavam no interior de um quiosque abandonado, e algumas dessas garotas fumavam diante da maré alta. Pairava, no ar, o sal do mar, mas havia também a doçura de madeira apodrecida. A neblina impedia a visão da ilha que ficava mais adiante.

*

A literatura me é cada vez mais insuportável, mas dela não consigo me desvencilhar: se passo diante de uma livraria, entro para ver as novidades, frequento saraus, e quase todos os meus amigos são poetas, tradutores ou professores. Eu mesmo escrevo e cheguei a frequentar um curso de escrita criativa. Foi lá que conheci Juarez; ele era um dos meus colegas, e logo depois apareceu Davi. O que sei é que Juarez e Davi se meteram numa relação violenta, com diversos rompimentos e retornos. Durante um desses rompimentos, Juarez dormiu comigo. Isso foi na noite do lançamento de *A Carne Fantasma*, livro de estreia de Davi. Foi um ano ruim, aquele. Tive de voltar para a casa dos meus pais e meio que saí do radar. Voltei para cá no mês passado e por um acaso encontrei Juarez. Ao me ver, ele logo começou a falar do Davi. Caralho, nada mudou, pensei, e respondi com crueldade: ele saltou de um prédio, não?

*

Cecília reencontrou uma amiga da infância ao levar o filho ao SESC para assistir a uma apresentação de contação de histórias. A amiga se chamava Bárbara e era uma das atrizes, mas, quando Cecília falou com ela, Bárbara não estava vestida como Bárbara, mas como a personagem da contação de histórias. Era uma Bárbara de cabelos azuis, roupas coloridas, maquiagem infantil. Cecília perguntou sobre a mãe de Bárbara, sobre Marcos, sobre Zeus, sobre pessoas cujo rosto não mais se lembrava. Bárbara disse que alguns haviam morrido (bem poucos), e que perdera contato com o restante. Há muito tempo não vou pra Goiânia, explicou, e Cecília quis dizer ah, isso não é nenhuma novidade, mas acabou por repetir a pergunta que fizera no início da conversa, como se agora fosse obter uma resposta diferente. Bárbara tornou a responder como antes, ou seja, disse que estava bem. Por fim, como se tivesse o dever de ser mais específica, acrescentou: a vida está diferente, mas é melhor agora.

*

Conserva-te puro, louco, sujo, ferido: ele me pede tudo aquilo que jamais foi capaz de ser.

*

Quando fizemos amor pela primeira vez, Beatriz disse o sal dura mais do que as cinzas, e que sabia disso porque já tinha mergulhado no mar diante do Vesúvio. Quis responder caramba, isso faz de você um poema vivo de Anne Carson, mas me calei, como antes já havia me calado diante da metamorfose dos seus olhos no instante do gozo, quando sobre eles passou uma chama violácea. Foi algo que durou apenas um instante, mas que irradiou uma claridade que deu contorno ao seu corpo dentro da penumbra. A verdade é que Beatriz falava coisas assim, que nem pareciam verdade. Outro dia falou, por exemplo, da alegria que é amar sem esperança.

*

Édipa me disse que ontem tirou a tarde para organizar os brinquedos: separar aqueles que seriam doados, aqueles quebrados, aqueles que se tornaram relíquias. Disse encontrei o avião de madeira que compramos quando fomos todos juntos até o mar pela primeira vez. Um pouco antes de começar a descida da serra, nós paramos num posto cercado de araucárias. Não se lembra? Ele estava muito agitado. Nós, exaustos. Então, nos revezamos cuidando dele para que o outro bebesse o seu café em silêncio. Foi quando eu vi o avião. Parecia algo destinado a se tornar o brinquedo favorito da infância de alguém, e não uma memória que nunca se cumpriu.

*

Clóvis entrou na padaria e pediu um café e um pão com manteiga na chapa. Enquanto esperava, olhou as fotografias emolduradas: a praça como ela era, o café como ele era, os mortos como eles eram quando vivos. Lembrou-se do pai. Pensou: já sou mais velho do que ele quando morreu, e, no entanto, a cidade sempre foi mais dele do que minha. Na sequência, num arroubo poético, acabou por concluir: Ítaca sempre pertenceu à ausência de Ulisses, e foi logo após formular esse pensamento que escutou a voz de uma mulher que pedia dois maços de cigarro. Era Suzana, soube antes de olhar, e, quando a olhou, quis vê-la como se ela regressasse de viagem para um reencontro. Nada mais falso: Suzana trabalhava no prédio comercial do outro lado da rua, e volta e meia os seus caminhos se cruzavam. Às vezes, cumprimentavam-se, mas nunca havia o que dizer. Quase sempre, ela perguntava como estava a sua mãe doente, e ele respondia com perguntas sobre o seu filho.

*

Não percebe que isso alimenta um sentimento de ódio?, eu disse ao estacionar no quarteirão do consultório médico. Cecília, por um momento, pareceu encurralada. Respondeu então está dizendo que vai embora? Tentei colocar panos quentes: não, não é isso, mas vai dizer que não sente raiva o tempo todo? Ela acendeu um cigarro e começou a falar (é sério) sobre Lacan, que havia lido uma frase dele na internet, algo sobre ter a coragem de sustentar o próprio desejo. Mas quem consegue fazer isso? Ela não disse nada em resposta. Apenas continuou fumando o seu cigarro. Perdi a paciência e disse algo como não percebe que estamos feitos dois idiotas aqui, perdendo a hora da consulta? Ela arremessou o cigarro pela janela e disse o que estou perguntando é isso: o que a gente sustenta quando não tem a coragem de sustentar o próprio desejo?

cecília levantou os olhos na sua direção

Juliano e Cecília têm a mesma idade: trinta e cinco anos, ambos são casados, e ambos contam com filhos de idade muito parecida. Juliano é o pai de Malu, que acabou de completar cinco anos, e Cecília é a mãe de Francisco, dois anos mais velho. Cecília é uma mulher magra e de traços delicados. Mantém os cabelos curtos, na altura do pescoço longilíneo, e é possível vislumbrar, próxima à clavícula direita, uma proeminente sarda, o que acendeu o desejo de Juliano por ela (ele sabia que era provável que houvesse uma constelação de sardas perto dos seios da colega). Outro estopim foi a semelhança entre Cecília e Joan Didion.

Se vocês fumassem, ficariam idênticas, chegou a dizer na primeira conversa que tiveram sem a presença de outros professores ou estudantes por perto.

Idêntica a quem?

Juliano sacou o telefone celular e buscou a icônica fotografia em que uma jovem Joan Didion segura um cigarro perto do rosto. A fotografia é em preto e branco, e Didion fixa com atenção a lente do fotógrafo, o rosto turbado por uma cerrada melancolia. O pescoço dela é como o seu, e o corte de cabelo é muito parecido, enfatizou.

E eu ainda fumo, sorriu Cecília.

Não sabia. Nunca vi você com um cigarro.

A gente dá aula para adolescentes, sabia?, ela brincou como se confidenciasse um segredo, com um sorriso que a Juliano soou malicioso, o que lhe incutiu a suspeita de que a sua tentativa de flerte fora bem recebida.

Pois gostaria de ver você fumando um dia. Você sabe. Longe daqui, respondeu, tentando galgar um degrau a mais na malícia da conversa.

*

Tornaram-se amigos, na falta de melhor definição para uma relação que oscilava entre o franco coleguismo (sempre se apoiavam nas suas reclamações sobre a direção do cursinho, sobre outros professores, sobre alunos, ressaltando um ao outro as suas boas qualidades como educadores) e uma intimidade contaminada por uma tensão sexual que poucas vezes encontrava um ambiente propício para ser enunciada. O resultado dessa dinâmica é que falavam muito sobre a vida conjugal. Juliano assumia a postura de lírico desiludido e dizia que, após anos de convivência, o amor se torna turvo, mas sem nunca se dissipar por completo, e que o seu eco era tudo o que restava para o enfretamento dos dias e da vida familiar. Não deixava de pontuar, contudo, que sentia saudades da vida de solteiro, do seu desvario, das suas possibilidades, e assim tentava passar a ideia de que o casamento colocara fim a um período de liberdade e hedonismo sexual. Em contrapartida, calava sobre as suas infidelidades.

Cecília ria, e, ao rir, parecia transitar entre o flerte e uma lúcida desesperança. Às vezes, falava do marido. Eu nunca o amei com paixão, confessou certa vez, então posso dizer que nunca o amei com certeza. Mas ele apareceu na hora certa, era melhor do que os homens com quem eu costumava me relacionar, e logo o casamento se revelou uma escolha inevitável.

Quando assumia esse tom, Cecília se revelava uma mulher muito parecida com Juliano: uma criatura infeliz, aprisionada nas suas próprias escolhas, atordoada, íntima da frustração e do ressentimento, o que permitia a Juliano a suspeita de que, em outro contexto, poderiam ter um relacionamento amoroso. Não que Cecília fosse muito diferente da sua esposa: apenas tinha a sensação de que a enxergava de maneira mais límpida, sem o ruído de anos de vida a dois, o que vinha tornando a companheira cada vez mais opaca e desinteressante – um borrão informe de tédio, intimidade, cansaço.

Também por isso continuava buscando o flerte, espreitando oportunidades para a manifestação do seu desejo, como se a possibilidade do adultério – diferente do que acontecia com as suas alunas –

fosse o passaporte para uma ruína capaz de modificar por completo a sua vida. Cecília ria e lançava mão de evasivas do tipo a minha vida já é muito complicada ou não preciso disso agora, o que bastava para que Juliano mudasse de assunto, mas não o inibia ao ponto de abdicar das suas intenções. Uma vez a cada duas semanas, aproveitavam que encerravam as suas aulas mais cedo e, antes do retorno para as suas vidas cotidianas, tomavam um café ao lado da escola. Assim foi durante boa parte do primeiro semestre, o que manteve Juliano de tal modo absorto que não se envolveu com nenhuma aluna, e isso lhe infundiu uma segunda suspeita: a de que, ao lado de Cecília, poderia ser melhor.

*

É tanta correria. Preciso comprar o presente de aniversário da minha mãe, comentou Cecília, durante uma dessas conversas no café, que também eram pontuadas por amenidades e comentários desencontrados; quase como se, sonâmbulos, dissessem em voz alta o que pensavam dentro dos seus sonhos.

Você faz aniversário em junho, não é?, perguntou Juliano.

Dia 16.

É, eu lembrava que era junho. Ano que vem vou te comprar um presente de aniversário.

Cecília sorriu com algum desconforto e disse que ele não precisava se preocupar. Até lá, você já cansou de mim, acrescentou, num tom subitamente acusatório.

Não vou me cansar de você, ele se apressou em dizer enquanto envolvia as mãos de Cecília entre as suas. No instante seguinte, veio o constrangimento, a ideia de que tinha proferido a mais infantil das declarações de amor. Libertou as mãos de Cecília.

Sabia que nasci no dia em que se passa Ulisses?, ela mudou de assunto.

Olha só, é verdade. Agora não vou esquecer mais. E quem é você no decurso desse dia eterno? Molly?

Não, não, eu digo não, brincou Cecília, e Juliano voltou a pensar em como ela era parecida com Joan Didion.

Já pensou como seria se a gente tivesse se conhecido anos atrás?

A pergunta de Juliano caiu desajeitada e vulnerável sobre a conversa. Uma sombra de seriedade pousou sobre os olhos de Cecília

Já, sim, admitiu, sem qualquer sinal de malícia.

Juliano deu um passo além.

Será que um dia ficamos juntos, Cecília?

Quem sabe? Ninguém é obrigado a ser infeliz, a resposta veio num tom de voz ainda mais honesto, acompanhada do seu sorriso ambíguo e triste.

É. Quem sabe um dia?, fez eco, também evasivo, compreendendo que o que estava em jogo era uma pálida esperança de felicidade, ou melhor, uma pálida esperança de fugir da infelicidade.

*

Algo que pode ser definido como adultério se consumou na semana seguinte: um ato rápido, banal, sujo. A esposa de Juliano estava com o carro para ir a uma consulta médica, o que lhe deu o pretexto para pedir uma carona a Cecília. Julgava que a previsibilidade das suas intenções, evidenciada pelo ridículo da sua artimanha, seria, por si só, um gesto inconfundível de que a relação entre eles havia alcançado um ponto de não retorno e que precisava de uma definição.

Ribeirão Preto já superava os cinquenta dias sem chuva, e a luz das cinco da tarde era de uma claridade áspera, até que veio o entardecer frio e poeirento de agosto. Fiel ao seu plano, enquanto seguia no banco do passageiro, Juliano usou de um expediente que funcionava com algumas das suas alunas: sem dizer palavra, levou a mão sob a saia e passou a acariciar a parte interna das coxas de Cecília, que continuou a dirigir em silêncio.

Vire aqui, tem uma praça onde a gente pode conversar, disse, e Cecília seguiu as indicações. Estacionou diante de uma praça com bancos de cimento quebrados. Ao redor, toda a sorte de lixo: um guarda-chuva preto caído, duas garrafas de vodca encostadas a um poste, um pote de isopor utilizado para servir marmita entre as raízes expostas de uma árvore, uma embalagem de preservativo na sarjeta.

Gosta que eu a toque assim?, perguntou, como se formulasse uma questão meramente protocolar.

Por que você quer tanto tudo isso? Está cansado das suas alunas?, atacou Cecília, após um instante de silêncio. Tinha um olhar duro, em que se percebia impaciência e desprezo, o que surpreendeu Juliano, que balbuciou algumas frases confusas, numa tentativa atrapalhada de se defender, até que pensou num argumento que lhe soou triunfante.

E você? Por que está aqui?

Nossa, agora você me pegou, Cecília riu com amargura. Na sequência, apanhou um cigarro, tragou e exalou a fumaça em direção à praça.

Tudo isso é triste demais, não?

Sem resposta, Juliano se lembrou da conversa que tiveram alguns dias atrás. Cecília estava no carro com ele, diante de uma praça em escombros, sob o sujo e seco céu invernal, porque ninguém era obrigado a ser infeliz.

Algumas frases ainda passaram por sua cabeça; frases de efeito, definitivas, rasas, do tipo nunca conseguimos fugir de nós mesmos, nós somos o que somos, ou um casamento bom é difícil de encontrar – frases desoladas, ocas, e, no entanto, portadoras de uma verdade desesperada e agônica, o que de certo modo o resumia, pois ali estava ele, com o desejo mais alucinado quanto mais degradado, como se a sua vontade fosse lama secando sob o sol: o dono de um desperdício irreversível, sem qualquer possibilidade de renascimento através da ruína.

Bom, pelo menos consegui ver você fumando, consolou-se.

Cecília levantou os olhos na sua direção, metamorfoseada em Joan Didion.

E o que achou?

Eu gostei, respondeu, com a renovada esperança de que a tarde poderia terminar com a satisfação do seu desejo, e inclinou-se na direção de Cecília com a intenção do beijo, o que ela evitou virando o rosto para o lado. Ele recuou e ela voltou a fumar o seu cigarro com tragadas lentas, olhando para frente como se não houvesse mais ninguém com ela.

poeta brasileiro

Desligou o aparelho celular, desligou a televisão, garantiu que as cortinas estivessem bem fechadas, pois queria o apartamento inviolável, fechado como um ovo, e ele lá dentro, deixando de ser gema e se tornando sangue, ossos e músculos, deixando de ser breu e se tornando uma nova consciência, pressentindo a rachadura na casca que o entregaria para a claridade de um mundo renovado. Abriu a geladeira e a fechou logo na sequência. Serviu-se um copo d'água, mas, ao dar o primeiro gole, percebeu que o nervosismo obstruía a sua garganta. Tentou tomar um banho, porém, tão logo se molhou, fugiu da água como se ácido queimasse o seu corpo. Interrompeu o ato de se vestir para se deitar, seminu, e fitar a imobilidade do ventilador de teto. Ao ligar o aparelho celular, deparou-se com várias mensagens não lidas no grupo de trabalho. Alguém comunicava que a filha da faxineira havia dado à luz uma criança doente, que a família vivia em estado de miséria, que o pai da criança estava preso, e perguntava quem poderia colaborar para a aquisição de fraldas e leite. A maioria dos colegas já havia anunciado a sua participação. Wladimir, contudo, foi incapaz de dizer sim ou não. Ao sair do quarto e caminhar novamente até a cozinha, voltou a abrir a geladeira e a acusação contida no poema de Milosz o atingiu com espanto renovado, o que se desdobrou em várias perguntas. De agora em adiante, poderia comer o que seu apetite exigisse? Que iguaria seria essa? Haveria alguém, por maior que fosse a sua fortuna, que escapava da sina de ser um humano que come o que se come? Ao abrir as cortinas e caminhar até a sacada, respirou o calor espesso de outubro, o mormaço recrudescido que começava a ceder aos ventos de chuva. Olhou para baixo, para os rumores do centro da cidade, para o ponto de ônibus do outro lado da rua, para um mendigo que revirava uma lixeira enquanto um cachorro o observava, para dois adolescentes que caminhavam apressados, para uma mulher pesada que chegava ao ponto de ônibus e que coxeava ao caminhar. Pensou em Kaváfis. Dessa vez, evocou o poema "O Deus Abandona Antônio", em que Marco Antônio, da sacada de um palácio, escuta um cortejo invisível passar, e, já vencido, mas orgulhoso e solene, diz *adeus à Alexandria que ora perdes*. Não se passava algo parecido com ele? Não estava ele, da sacada do apartamento, despedindo-se? Foi então que, com a licença poética da inverossimilhança, concedida pelas graças da fortuna recém-adquirida, saiu para dirigir pela cidade logo após a chuva, que não demorou a cair.

O asfalto, após o aguaceiro, era um espelho que absorvia e refletia o verde-amarelo-vermelho dos semáforos, e pairava o frescor úmido de uma quietude que apenas se experimenta nas noites dos dias úteis, quando muito cedo as pessoas se recolhem. Atravessou a avenida Nove de Julho rumo às ruas do Higienópolis. Passou por clínicas médicas, lojas de roupas e sapatos, escolas particulares, diversos restaurantes japoneses, cafés que abrem tarde demais, salões de beleza com nomes franceses ou italianos, uma galeria de arte. Percebia – na coerência daquela sequência de estabelecimentos – um princípio de alma, de identidade. Na rua Conde Afonso Celso, queimava, em néon amarelo, a frase "você é a sua melhor versão", grifada na fachada de um brechó de luxo, e ao lado, na obscuridade de um muro mal iluminado, havia um cartaz em que um cachorro enfurecido, da raça rottweiler, rosnava para os passantes. Abaixo da fera, um anúncio de aluguel de cães de guarda somava violência à estranheza da noite. Wladimir considerou que o absurdo de tudo o que acontecia – a premiação na loteria, a errância por um bairro fantasma – tinha a consequência de levá-lo para um lugar cada vez mais distante, de que nunca deixava de se perder, e que a sua própria erudição (conhecer poetas poloneses e evocar filmes de amor franceses no deserto dos dias) era um álibi para uma jornada de irrealidade. Quis escrever a sua própria história. Quis, ao escrever a sua história, soar como se fosse, a um só tempo, um existencialista e alguém que se dedicava a pastiches existencialistas.

"Hoje, ganhei na loteria, ou talvez tenha sido ontem": poderia começar assim, evocando a frase inicial de *O Estrangeiro*.

*

Quando pensava no dinheiro, não deixava de reverberar padrões de consumo da classe média. Havia considerado, por exemplo, uma longa estadia na Europa, comprar um apartamento em São Paulo, ou talvez se lançar às aventuras do exílio, fixando residência em terra estrangeira e exótica. Verônica, a primeira esposa, estava bem, mas sabia das dificuldades de Solange – com os pais doentes, com o seu baixo salário, com o filho que demandava terapias diversas, com o irmão na clínica para tratamento de dependência química. Sabia que tinha a obrigação moral de ir ao seu socorro, embora o seduzisse a ideia de desaparecer, de não deixar rastos, de desfrutar a sua fortuna como se a tivesse roubado. Gostava de pensar no dinheiro como uma condição secreta e enlouquecedora, e tornava a ideia de passar pela metamorfose que, revelando-o um monstro, o libertaria.

Sabia, contudo, que todos esses pensamentos ainda eram uma condenação, um prolongamento da sua condição de bárbaro-não-bárbaro, de modo que se pôs a buscar uma ideia alucinada, algo que poderia se voltar contra ele na forma de uma acusação. Não era comprar muitos livros, não era conhecer túmulos de poetas mortos em capitais distantes, não era custear o tratamento de câncer de um professor agonizante e falido, não era financiar livros de jovens escritores, não era recuperar dos escombros alguma mansão do centro da cidade, não era custear a orquestra local, não era sequer ter a sua própria editora. Deveria ser algo que soasse como um escárnio para quem ama o lucro, e uma ideia veio no posto da avenida Independência, após perguntar se havia café. Ao responder, a balconista disse que serviam apenas café em cápsulas, o que lhe soou como uma afronta aos insones e sonâmbulos. Foi quando teve a ideia de montar um café-livraria que apenas funcionaria durante a madrugada; um lugar que poderia ser o ponto de encontro de poetas (embora não conhecesse nenhum poeta que saísse de casa para beber um cappuccino às três da manhã de uma segunda-feira) e exilados políticos (embora já não corressem os anos de ouro dos exilados políticos, com expatriados ganhando as ruas de Paris, Londres, ou em plena América Latina). "Café Herzog" foi o primeiro nome em que pensou, mas logo mudou de ideia, que lhe soou sinistra demais. É melhor chamar de "Café Bolaño", concluiu enquanto pagava uma latinha de Coca-Cola, e pensou num lugar pequeno, possivelmente no centro (tinha uma preferência pela rua São Sebastião) ou talvez em algum local mais insólito:

na Vila Tibério, nos entornos da cervejaria em ruínas, onde há fileiras de quarteirões abandonados – um território atravessado pela prostituição, por viciados, por miseráveis que erram nas ruas próximas do terminal rodoviário. Seria um café consagrado ao silêncio e ao abandono; quatro ou cinco mesas apenas; dinheiro jogado fora numa tentativa de estancar o desespero e vender livros de poesia.

*

Veio a memória da única vez em que esteve fora do Brasil: uma viagem durante o namoro com Verônica; alguns dias em Buenos Aires, durante um novembro de calor avassalador. Lembrou-se de perambular pelas ruas de San Telmo, de caminhar por entre os seus casarões fossilizados pela permanência do sol a pino. À medida que se afastavam do centro, menos pessoas viam nas ruas. Chegaram a caminhar por vários quarteirões sem ver alma viva. Lembrou-se de como estar sozinho, em ruas estrangeiras, o havia colocado em estado de alerta, e que Verônica parecia não se incomodar com aquela circunstância mais comum aos sonhos. Justificava a sua segurança com base numa experiência da juventude, pois havia passado seis meses em Buenos Aires entre os vinte e um e os vinte e dois anos, o que lhe dava a confiança de falar sobre San Telmo como se fosse uma moradora da cidade. Dizia coisas como no dia de feira tem mais movimento, mas a maioria é turista, tentava acalmar Wladimir (É assim mesmo, não tem perigo), e depois, assumindo os ares de guia turística, punha-se a explicar que San Telmo, até idos do século XIX, fora o bairro mais rico de Buenos Aires, mas que os seus habitantes prósperos haviam abandonado as mansões para fugir da febre amarela (Então veio a gente pobre, transformou os casarões em cortiços, e ainda hoje San Telmo vive sob essa sombra – sob o peso dessa fantasmagoria velada que às vezes, em dias como hoje, rebenta e transborda). Wladimir contra argumentava, irritado (Mas você esteve aqui há quinze anos. Como sabe para onde estamos indo?). Verônica insistia (Vale pela aventura de flanar, não vale?), até que alcançaram um pequeno centro comercial, com a maioria das lojas desocupadas, mas havia lá um brechó, um dos preciosos e obscuros brechós de Bueno Aires, o que imediatamente chamou a atenção de Verônica. Ela parou diante de um blazer roxo, lamentando o fato de a peça ser pequena demais para ela, até que começou a experimentar chapéus. Encontrou um chapéu de feltro preto, adornado com um arranjo de flores falsas. Colocou sobre a cabeça.

Não estou parecida com Maria Schneider?

Na sua memória, Wladimir se lembrava apenas de rir com malícia, e que logo depois encontrou algumas caixas de papelão ocupadas por discos de vinil, entre eles *Fa-tal – Gal a Todo Vapor*. Lembrou-se de Verônica atrás dele, olhando o disco de vinil acima dos seus ombros (A gente precisa levar) e de ele respondendo que o disco sairia pelo preço de trezentos reais. Também se lembrou que, horas mais tarde, ao observar o disco de vinil deixado sobre uma escrivaninha do quarto de hotel, foi tomado por uma inquietação tão grande que, ali mesmo, confidenciou a Verônica a verdade sobre a sua condição financeira: falou sobre os empréstimos, sobre uma dívida que crescia a cada ano, sobre muitas vezes receber o seu salário e ainda assim continuar no cheque especial. Enquanto falava, incoerente e acuado, ora tentando se justificar, ora apelando a uma lógica delirante para convencer a noiva de que tinha tudo sob controle, percebia que ganhava corpo um medo nunca antes experimentado, e que se tornaria um dos sentimentos norteadores da sua angústia diária: uma ideia de desvario, de estar preso dentro de um frenesi, muito agitado, muito nervoso, vendo tudo se dissipar em meio à euforia e à inconsequência financeira.

*

Dirigia e devaneava, ainda pensando em modos de gastar o dinheiro (um cinema de rua que, todas as noites, exibe *Hiroshima Mon Amour*, um trenzinho de alegria vazio, adornado de néon azul, que singra a cidade aos sons de "A Vida é Um Moinho"). A sensação era a de que gargalhava, mas que esse rosto que gargalhava ficava oculto pelo rosto que exibia o seu sorriso atônito; e agora ele sentia que gargalhava tanto, e com tamanho desespero, que o seu rosto aparente começava a apresentar fissuras. Pensou é assim que a gente enlouquece e depois considerou que não havia saída ou sentido para aquele passeio noturno. Descia, agora, a rua Duque de Caxias. Observou, numa esquina, mais um vulto que remexia lixeiras em busca de comida. Sobreveio uma sucessão de relâmpagos, de perguntas que dardejaram na sua consciência. Quando escreveria o seu próximo poema? Quem seria ele agora para os bancos, para os ladrões, para a poesia? Quem seria ele para as suas ex-esposas? Quem seria ele para si mesmo? Seria o bárbaro que se aproxima da fronteira com dinheiro suficiente para comprar um apartamento de luxo numa das capitais do mundo? Seria ele um mesquinho e ressentido cobrador de impostos sentado diante de uma mesa de restaurante, com um cardápio nas mãos, e nenhuma limitação de gastos?

Seguiu ao sul da cidade, tomado por um súbito rancor contra Verônica. Sabia, por ainda espreitar as suas redes sociais, que ela passava férias na Europa acompanhada de Gustavo, o promotor de justiça, o filho de professores universitários, o tipo de sujeito que vai até a cafeteria Starbucks e leva um exemplar de algum livro de Ailton Krenak. Era esse personagem eventual que catalisava todo o ressentimento que não conseguia deixar de sentir. Uma história que alcançou o ápice na noite em que, bêbado, após fazer uma pesquisa em portais de transparência, mandou a seguinte mensagem para Verônica: Sabia que o pai do Gustavinho é um dos supersalários da USP? Não acha isso repugnante? Arrependeu-se no instante seguinte, mas ela já havia visualizado a mensagem, que nunca respondeu.

Agora, estacionado diante do prédio em que ela vivia, pensava em escrever uma nova mensagem. Não sabia, contudo, o que dizer: provavelmente algo sobre ter se tornado um milionário, com certeza algo atravessado pelo rancor, e assim, rico e ressentido, observava os apartamentos mais caros da cidade, o cuidadoso trabalho de paisagismo no hall de entrada de cada um dos edifícios, uma ou outra bandeira do Brasil exposta nas amplas sacadas. Lembrou-se de um poema de Drummond que fala de um cruzador louco fundeado na baía, com as armas apontadas para a cidade, e o seu desnorteio oscilou entre esses dois extremos: no primeiro momento, julgou que era ele o cruzador implacável, e no instante seguinte estava do outro lado, na orfandade do seu próprio pânico, indefeso diante dos canhões voltados para a sua direção. O resultado dessa torrente de pensamentos é que, mais uma vez, se julgou patético, ridículo, incapaz de qualquer medida de preservação, desde já pronto para o ato do desperdício e do remorso. Fora assim que se sentira no hotel em Buenos Aires, diante do vinil da Gal Costa, e fora assim que se sentira após cada relação sexual com Solange, enquanto ainda era casado com Verônica: patético, ridículo, degradado, e, no entanto, com os nervos expostos para o prazer mais irrefreável, para o gozo cuja memória permanecia como digitais de gordura e lama; uma memória tão forte que chegou a experimentar um princípio de excitação enquanto pensava em Solange e em como se sentia corrupto nas tardes de adultério, mas logo esse pensamento alcançou a memória do seu segundo casamento: o filho atípico, as brigas, as contas atrasadas, o pânico de uma ruína iminente, e foi então que reviveu a ternura ferida e feroz que irrompia em meio a tudo isso. Imaginou-se ganhando na loteria como se ainda fosse casado com Solange, correndo em direção a ela, com medo e eufórico, sem poder conter as lágrimas, exatamente como um russo de Dostoiévski após ganhar na roleta – um maldito e danado pastiche de russo que, ao se tornar rico na sua descida ao inferno, abraça a mulher e o filho e chora e grita estamos salvos, não vê que estamos salvos? Agora não há mais nenhum perigo.

festa de cachorros

É festa de cachorros, disse o rapaz após um longo gole no copo d'água, o rosto brilhante de suor, enquanto apontava, no terreno baldio, para uma cachorra magra, de médio porte, de pelo rajado de negro e amarelo. Unido a ela, mas com o tórax e a cabeça apontados para a direção oposta, um cachorro um pouco menor, preto. Era um desses casos tão comuns à história sexual dos cães: o macho com o órgão sexual preso dentro da fêmea no cio. Estavam imóveis, sem coragem do próximo movimento, até que tentaram o desencaixe. Como não conseguiram, ganiram em desespero.

O rapaz, servindo-se da garrafa de plástico, encheu e bebeu outro copo d'água com um único gole. Depois, pegou uma enorme cabeça de Mickey Mouse que estava pousada ao seu lado, colocou-a na cabeça, e atravessou a avenida na direção do terreno baldio, que ficava ao lado de um centro comercial Le Ville. Os cães se assustaram, começaram a rodopiar, ganindo, até que houve o desencaixe. Fugiram terreno baldio adentro, sumindo no meio do matagal, perseguidos por um cortejo de três ou quatro cães que, até então, rodeavam – claudicantes – os amantes siameses.

Na calçada diante do centro comercial, havia um trenzinho. Os poucos passageiros, crianças na sua maioria, estavam posicionados nos seus assentos. Após um tranco, o veículo se pôs em movimento. Ecoou, num volume excessivo, o teclado de "Take On Me". Um dos pais, saudoso da juventude, ergueu ambas as mãos e gritou, como se estivesse numa montanha russa, gesto imitado por alguns outros passageiros. O Mickey Mouse, subindo na baixa mureta do estacionamento, começou a rebolar. O esquálido Homem-Aranha veio correndo e, lançando o corpo para frente, tentou uma pirueta. Ao pousar, perdeu o equilíbrio. Ainda deu dois ou três passos, mas não evitou a queda. Os passageiros riram. O caído Homem-Aranha teve o socorro do Capitão América, que lhe estendeu a mão. Recompostos os heróis, eles acompanharam o trenzinho avenida abaixo, dando cambalhotas e realizando danças sincronizadas.

*

Estava no centro tomando uma garapa, Clóvis disse, assim que entrou na padaria. O homem que estava sentado atrás do caixa, numa cadeira de rodas, sequer respondeu. A televisão estava ligada e ele tinha os olhos fixos no noticiário esportivo.

Olha o que encontrei perto da estátua, Clóvis insistiu, e retirou do bolso um objeto branco rajado de vermelho.

Uma concha?

É.

E por que pegou ela?

Sei lá, disse e, após pensar um instante, sentenciou: porque é algo difícil de encontrar. Depois, levou de volta a concha ao bolso da camisa e pôs-se a pensar em como ela estava distante do oceano, e que a sua beleza derivava justamente disso: um objeto fora do seu lugar, uma reminiscência de algo imenso.

Uma insensata nostalgia o atacou e, num lampejo de consciência, revisitou os últimos anos. A saúde da mãe se degradava rapidamente: privando-a primeiro da lucidez e depois da capacidade de cuidar do próprio corpo. Pela esposa, mantinha um ressentimento persistente, e que, ele sabia, era recíproco. O irmão mais velho, confinado a uma cadeira de rodas após o acidente de carro, fermentava um rancor que tornava a convivência cada vez mais difícil, e o filho, tomado por manias e ataques de pânico, era uma criatura muito frágil desde a morte da prima.

Ainda assim, não era o caso de concluir que tudo havia se perdido; e isso quer dizer que a esposa era a mesma – e por isso não podia negar que ainda a amava –, e também o irmão era o mesmo – e por isso nunca deixava de ir até a padaria –, e também o filho era o mesmo, de modo que Clóvis ainda enxergava nele a terrível qualidade que o assombrava desde o seu nascimento e, de maneira mais aguda, desde a morte de Alice: a de sentir um amor tão mais forte quanto indefeso. Quanto à mãe, ficava feliz nos dias em que ela o reconhecia e se lembrava do seu nome.

*

Os passeios de trenzinho nos sábados de manhã eram a mais recente iniciativa dos comerciantes do Le Ville para atrair clientes. Havia, no local, uma quitanda, uma loja de grãos, um pet shop, uma loja de roupas, uma loja de produtos eletrônicos, um açougue que se apresentava como uma boutique da carne, uma farmácia, uma padaria, uma academia, e um salão de beleza em que os funcionários se vestiam como ícones dos anos 50. Havia, ainda, um buffet infantil e uma pequena praça de alimentação ao ar livre. Na praça de alimentação, uma pizzaria, um restaurante árabe e um restaurante japonês. Todos os estabelecimentos eram comandados por moradores da região, que começava a ser desbravada por uma classe média que se orgulhava de ocupar um bairro tão próximo das avenidas mais prósperas da cidade.

Contudo, nenhum dos comerciantes estava enriquecendo e, se não chegavam a fechar as portas, a ideia geral era a de que recebiam menos do que mereciam. Não havia dia de trabalho que não fosse pontuado por um sentimento difuso de frustração, pela certeza de ser vítima de uma injustiça tão intolerável quanto esquiva. Eram cada vez mais comuns manifestações de impaciência contra os seus empregados, contra os comerciantes vizinhos, contra os poucos clientes que exigiam muito mais do que gastavam.

Para sobreviver, os comerciantes tentavam se adaptar ao estado das coisas. O ganha-pão do restaurante árabe passou a ser a venda de marmitas na hora do almoço. A marmita era vendida pelo preço de quinze reais, vinha em pequenos compartimentos de isopor, e consistia em arroz, feijão, uma carne e um legume. A padaria trocou os brownies artesanais por paçocas. A pizzaria deixou de vender pizzas com ingredientes como presunto de Parma e alcachofra. O restaurante japonês – que no início tinha como proposta abrir apenas durante a noite – transformou-se num restaurante chamado "Quero Frango" e agora vendia frango assado nas manhãs de sábado e domingo.

Foi então que, durante as poucas festas realizadas no buffet infantil, o dono da loja de artigos eletrônicos percebeu que o trenzinho era um grande sucesso entre os convidados. Concluiu: se houver um trenzinho aqui todo sábado de manhã, as crianças da vizinhança vão perceber, vão pedir para os pais, que não sabem falar não, virão as crianças e os pais, aumentando a circulação de pessoas, clientes potenciais que ainda não perceberam a conveniência de ter um centro comercial tão perto de onde vivem.

Conversou com o proprietário do buffet infantil, que lhe explicou que o dono do trenzinho era o seu sogro; um carcereiro aposentado. Pouco antes de passar à inatividade, participou de um bolão com os colegas e num dos jogos acertaram a quina. A sua cota foi o bastante para que quitasse as suas dívidas. Investiu o remanescente entrando como sócio num posto que vendia combustível adulterado, mas o negócio não vingou. Meses depois, quando o genro montou o buffet infantil, julgou que seria uma boa ideia comprar um trenzinho para ter uma receita complementar nos finais de semana. Mais uma vez, o investimento se revelou desastroso. Todavia, mantinha o trenzinho. Ele era o motorista e pagava cinquenta reais por dia de trabalho para o Capitão América, o Homem-Aranha e o Mickey Mouse.

No primeiro mês, os passeios foram gratuitos, vieram muitas crianças, muitos pais, mas não houve melhora no movimento de nenhuma loja. Os comerciantes esbravejaram, insatisfeitos, porque pagavam um valor que julgavam excessivo pelo trenzinho. O carcereiro reduziu o seu preço, com a condição de que, a partir de então, cobraria os passeios – um valor de dez reais por criança e o seu respectivo acompanhante. O número de passageiros começou a diminuir. Logo, deixou de pagar os super-heróis, prometendo que em breve acertaria o que devia. Para mitigar a inevitável insatisfação, ao final de cada manhã de trabalho entregava, a cada um dos rapazes, uma marmita do restaurante árabe.

*

Ô Celeste, me dá um pingado e um pão de queijo, pediu Clóvis, e levantou os olhos para a televisão, que agora exibia um filme em que Adam Sandler jogava uma partida de golfe.

Deu certo lá na prefeitura?, perguntou o sujeito na cadeira de rodas.

Ah, falaram a mesma coisa de sempre.

Bando de filhos da puta, o homem na cadeira de rodas vociferou, e passou a folhear um jornal com diversas ofertas de carros usados.

É isso mesmo, Clóvis concordou e deu o primeiro gole no copo de pingado. Tornou a arrancar a concha do bolso e, cabisbaixo, ficou brincando com ela sobre o balcão.

Celeste, você já foi ao mar?

Minha família é de Maceió.

Sente saudade de lá?

A gente sempre quer voltar, né?

Acho que é isso mesmo, concordou, melancólico, e depois disse eu peguei essa conchinha porque é difícil encontrar algo assim por aqui.

É difícil mesmo, anuiu Celeste, como se falasse com uma criança.

Clóvis tornou a guardar a concha no bolso e se dirigiu até o caixa.

Semana passada, eu vi a Fátima no supermercado, comentou com o irmão.

Que se foda ela.

Clóvis baixou os olhos, e, por um momento, pensou em dizer você tem que acalmar o seu coração. Contudo, manteve silêncio. Sabia que o irmão era uma dessas pessoas que merecem o pior do mundo, mas não deixava de se consternar ao vê-lo receber o seu quinhão.

*

À medida que o trenzinho se afastava, o teclado de "Take On Me" foi se esvaindo, até que desapareceu por completo. James Dean, à sombra de uma marquise, acendeu um cigarro e tragou sem nenhuma pressa. Na padaria, nenhum cliente, com exceção de duas moças que, em trajes de academia, bebiam um cappuccino e comiam, cada uma delas, um croissant de peito de peru com provolone. A atendente da farmácia interrompeu as suas atividades nas redes sociais para servir um homem que queria um antiácido. Nenhum cliente na loja de artigos eletrônicos e de roupas. Da boutique da carne, saíram dois rapazes, um deles carregando um saco de carvão e o outro transportando um fardo de cerveja: tinham pouco mais de vinte anos, ambos usavam óculos escuros, camisetas justas, bermudas em cores claras, chinelo de dedo. O dono do restaurante árabe, com um anel de maçom no dedo, folheava uma revista local de distribuição gratuita. Os frangos rodopiavam no forno, gotejando gordura sobre as batatas.

Passou um Honda Civic em alta velocidade, e o refrão de uma canção de sertanejo universitário se tornou reconhecível e depois desapareceu. Logo na sequência começaram a reverberar os acordes de "Conga, Conga, Conga", e a voz sussurrante da Gretchen foi se afirmando como uma força fantasmagórica e potente.

Era o trenzinho que retornava. O sábado estava muito quente, com temperatura acima dos trinta e cinco graus, sem nenhuma nuvem no céu, e a água que saía do chafariz parecia evaporar quando atingia o ponto mais alto, engrossando o ar com o mormaço.

Uma hora depois, quando Mickey Mouse, Capitão América e Homem-Aranha saíram, em trajes civis, do buffet infantil, ainda era possível perceber o talho de sangue no joelho do Homem-Aranha.

Você precisa olhar isso: está nojento, disse o carcereiro, enquanto entregava a cada um dos rapazes a sua marmita. Eles atravessaram a avenida e foram até o canteiro central, sob as palmeiras, numa exígua faixa de frescor. Fizeram a refeição em silêncio. No fundo de cada pote de isopor, restou um pouco de feijão misturado ao arroz empapado.

Deixa aí no chão. Eles vão ter fome quando acabar, disse o Mickey Mouse, com os olhos fixos no terreno baldio onde os cães haviam desaparecido, terra devastada que ondulava em tons de amarelo, limitada de um lado pelo Le Ville e, do outro, pelas casas brancas do condomínio Reserva do Sol.

piano fantasma

1

O piano ficava na sala de estar e era impossível entrar no apartamento sem passar por ele. Parecia ter pelo menos duas décadas de existência. A madeira era de uma tonalidade puída e não havia um banco diante do instrumento que o pianista pudesse ocupar. No centro da sala, no chão de taco, havia uma mancha escura que, imagino, teve como causa uma poça de água que ali existiu em algum momento. Na junção das paredes com o forro, havia sinais de mofo no corredor que conduzia até o banheiro. A madeira dos armários de cozinha estava empenada.

Você vai reformar o apartamento?, perguntei para o proprietário, e ele me disse que não, pois o lugar estava perfeitamente habitável.

A parte elétrica e o encanamento estão em ordem, e já dei fim aos vazamentos e infiltrações. Se você quiser pintar e passar um sinteco, desconto do aluguel, afirmou enquanto me guiava por todos os cômodos, percurso no qual abriu todas as janelas, acendeu todas as luzes e abriu todas as torneiras. Se quiser trocar o chuveiro, também desconto do aluguel, mas *sempre* de maneira parcelada, disse no banheiro de azulejos cor de rosa. Agora, o apartamento estava imerso na ofuscante e crua luz de janeiro, e a presença do sol despertava os cheiros de local fechado por dias antes de ser devolvido à claridade e ao vento corrente. O proprietário ressaltou que o aluguel estava abaixo do preço cobrado em outros imóveis no mesmo prédio. Eu tenho muita pressa em alugar, e uma pessoa com pressa aceita o prejuízo, justificou-se. Perguntei quando poderia pegar as chaves e ele me disse que, se eu adiantasse a caução, entregava o apartamento no mesmo dia, para depois apresentar a única condição inegociável: o piano fica. Cheguei a dizer que não tinha interesse num piano na sala de estar, mas ele foi taxativo: então não alugo, é um bem de família, uma herança querida, e não tenho condições de levar pra outro lugar.

Então estou alugando um apartamento e um piano?, perguntei, e o proprietário respondeu como se eu acabasse de colocar em palavras algo que ele vinha tentando anunciar há meses. Sim, é isso mesmo. Você está alugando um apartamento e um piano pelo preço de um apartamento.

Acabei por aceitar o contrato de locação. Eu precisava de um apartamento no menor prazo, e o aluguel cobrado se adequava às minhas possibilidades. No mais, bastava passar os olhos pelo imóvel para constatar que não haveria o problema de espaço. E, para ser honesta, não me desagradava a ideia de ter um piano comigo. Seria um objeto excêntrico, um inusitado item de antiquário, e ainda havia a possibilidade de eu vir a ter aulas e finalmente aprender a tocar um instrumento musical.

*

Com a mão esquerda, pressionei três teclas, e, com a mão direita, pressionei duas teclas. Sustentei o acorde o quanto consegui, atenta ao som produzido – de início agudo, mas que depois foi se dissipando num eco mais grave. Lembrei-me da infância, de um livro de curiosidades que ganhei quando tinha oito ou nove anos, onde havia a seguinte informação sobre a voz de uma baleia: ecoa numa frequência tão lenta que, para ser percebida por ouvidos humanos, precisaria ser reproduzida numa velocidade acelerada dezenas de vezes. Essa informação sempre me causou um espanto que me dava a medida da imensa melancolia do oceano. Foi com essa reminiscência da infância que percebi o eco do acorde e de que maneira o silêncio o absorvia. Parecia-me a perfeita representação da cor azul, que, para mim, não poderia ser traduzida em som de outra forma que não a da metáfora. Então eu poderia dizer: é como ouvir uma sombra, como perceber um batimento cardíaco dentro de um claustro, como ouvir a chuva ao tocar uma parede com a ponta dos dedos, e foi então que compreendi que eu não havia alugado um apartamento e um piano. Na verdade, eu havia alugado um apartamento e uma metáfora.

*

A melancolia do acorde dissonante perdurou em mim durante a primeira noite, e me alienou de tal modo que deixei boa parte da mudança em caixas e passei a madrugada na sacada. Do outro lado da rua, ficava um hospital, e eu conseguia observar o movimento de alguns quartos: os doentes nas camas, os cuidados das enfermeiras. Havia uma mulher jovem que ficou toda a noite com os olhos fixos na tela do aparelho celular, havia uma velha tão magra que mal se distinguia dos lençóis brancos que a cobriam, havia um homem alto que se recusava a ficar deitado e que passou a madrugada na poltrona reservada ao acompanhante, como se velasse a própria ausência, e havia uma mulher com a cabeça coberta com um lenço sob a guarda de quem deveria ser a sua filha. Após uma longa conversa, a suposta filha caminhou até a janela que se abria para a calçada, e, na sombra que havia em seu rosto, adivinhei o desconsolo do choro. Abaixo das janelas do hospital, havia uma fileira de árvores que exalavam o adocicado perfume de damas da noite. Considerei tal circunstância um gesto de crueldade: deixar os doentes alcançados por um perfume tão evocativo, tão confundível com a agitação do verão.

*

Seriam os doentes capazes de ouvir o piano, se eu o tocasse? Imaginei que, durante o horário comercial, seria impossível, tamanho é o movimento e o frenesi da região, mas seria possível durante a madrugada? E, considerando que os doentes fossem capazes de ouvir o piano, o que pensariam? Estariam diante de um mistério ou seria um incômodo ordinário? Durante uma madrugada, posicionei-me diante do piano e pressionei, ao mesmo tempo, seis das suas teclas e sustentei o acorde. Depois, fui até a sacada e lancei o meu olhar para o hospital. Era uma semana de doentes adormecidos e de luzes apagadas, que assim permaneceram. Ainda assim, me mantive na sacada, com o coração tensionado, no limiar de um choro convulso. A verdade é que a situação do piano na sala de estar sempre me lembrou a situação da máquina de escrever no quarto do pensionato. Algo que ocorreu no final da minha adolescência, durante aqueles meses em que dediquei grande energia à feitura de poemas que, nos anos seguintes, se perderiam de maneira irreversível. A máquina de escrever havia surgido como uma solução prática, uma tentativa de resolver a seguinte questão: agora eu estava longe de casa, era a hóspede de um pensionato que apenas recebia calouras, e não havia modo de transportar o computador de mesa da casa dos meus pais até o pensionato. A máquina de escrever não chegava a ser uma relíquia. Era um artefato utilizado pelo meu pai para o trabalho: um objeto que ele abandonou quando começou a utilizar o computador, e foi nesse momento que me apropriei da máquina e disse: vai fazer parte da minha mudança, parte do que vou levar comigo para a faculdade, porque ainda quero escrever poemas e não consigo escrever com uma caneta. E houve, de fato, algumas tardes em que me sentei diante da máquina de escrever e todos sabiam que eu escrevia porque o som de uma máquina de escrever é inconfundível. Qualquer pessoa que se encontrasse no pensionato – de longos corredores, com um piso de assoalho que rangia a cada passo, localizado diante da praça central de uma cidade do interior – escutava esse rumor intrusivo e irreal de alguém a datilografar, e em mim foi crescendo um pudor. Quase como se o ecoar da máquina de escrever em atividade denunciasse o meu esconderijo, a minha existência interior, tão delicada e violenta.

*

É a chuva que protege janeiro da aspereza estéril, dando aos dias o contorno de uma melancolia fria e tangível. Se não chove, vêm dias inteiros castigados por uma claridade crua e ofuscante. E ainda há os dias de mormaço, regidos por uma sensação permanente de véspera de tempestade. As nuvens chegam e ficam estacionadas sobre a cidade – crispadas, maciças; as nuvens próximas são escuras, e as nuvens mais distantes apresentam uma cor de muro caiado, batido pela poeira e pela terra. Nesses dias, tenho de realizar um esforço consciente para escapar da letargia da depressão, e em algum momento percebo o meu suor, percebo que caminho descalça, experimento fome e sede, olho para o hospital do outro lado da rua e tenho compaixão por seus doentes, imagino uma rotina saudável, uma hora boa para dormir, uma hora boa para acordar, compreendo a urgente necessidade de não mais negar o meu próprio esgotamento, e acabo por cozinhar algo, por limpar a casa.

2

Davi veio até o apartamento num dia de sol ardente, fino, áspero, em que a crueza da luz parece ter a capacidade de descamar a realidade; uma dessas tardes em que percebo o domínio de uma lucidez tão extrema quanto estéril porque incapaz de ir além de si mesma, e a presença do meu irmão, na sala de estar, é apenas um elemento a mais a pontuar a desesperança do dia.

Aposto que passa os dias observando a rotina dos doentes no hospital, espreitando, como se ocupasse a mesma perspectiva da morte, disse ele enquanto caminhava na direção do piano. Ao alcançar o instrumento, proferiu nova hostilidade.

Por que você tem a merda de um piano no apartamento?

Respondo que é uma cláusula contratual e conto tudo o que se passou entre mim e o proprietário.

Então alugou um piano e um apartamento?

Eu sorrio e digo que foi exatamente isso o que eu falei ao locador. Nesse momento, Davi abre o piano e pressiona uma das suas teclas com o dedo indicador, produzindo um som agudo, de um eco mais curto. É bonito, disse ele, com um sorriso que oscilava entre a ternura e um desprezo difuso por tudo o que não se comunicava com seus movimentos interiores.

É como dedicar amor a um animal encontrado morto, complementei.

*

O que escuto são os gritos de uma mulher; um rumor abafado, preso à fantasmagoria do silêncio e da madrugada, que reverbera no território indefeso entre a realidade e a irrealidade. Em algum momento, é como escutar um rio – e por rio quero dizer algo que se move, de maneira contínua, mas sem perturbar a ordem da noite (a sua imobilidade inata). Tento voltar a dormir, mas, dentro da vigília, o que parece ser o grito de uma mulher se desdobra, ganha espessura. Caminho até a sacada do apartamento. No hospital, todas as janelas são de um negrume opaco. Na rua, o movimento de carros é mínimo. Tento apreender o rumor da madrugada, o seu bulício, e volto a escutar o que me parecem ser gritos; não apenas de uma mulher, mas agora de um homem e de uma mulher; um coro de gritos entrelaçados, em desespero, costurando a raivosa solidão de onde nunca poderão escapar. Escrevo a Davi. Sei que, apesar do horário, ele está acordado e que vai visualizar a mensagem sem demora, porque é assim que gasta as suas madrugadas: o sono é escasso, e ele passa a maior parte do tempo bebendo, fumando, escrevendo. Se Juarez está na cidade, também faz uso de cocaína. Pergunto se ele ainda pensa no pai e na mãe porque é preciso começar a conversa de alguma forma. Após mandar a mensagem, sento-me no sofá. Já não escuto os gritos da mulher e do homem, mas algo do que ouvi permanece como uma impura e assombrada variação do silêncio.

*

Uma penumbra verde, no intervalo entre a chuva da madrugada e a chuva da manhã, é o alvorecer possível. Pelo apartamento, passa uma vaga e fria aragem de árvores molhadas, que logo se mistura a um cheiro que eu encontro apenas na insônia, quando o corpo passa a exalar um cheiro acre, como se a noite não dormida se tornasse uma substância tangível que envolve a pele; algo que cheira a suor seco, e que se impregna nas minhas roupas e nos lençóis. Por isso, a estranheza do hospital, com todas as suas janelas fechadas, e mais abaixo as árvores, em completa imobilidade, e nenhum transeunte na calçada. É como se um instante impreciso – um momento entre as cinco e as seis da manhã – encontrasse um ponto de suspensão, apesar de o relógio continuar assinalando o horário. A tristeza é movediça, e se concentra sobre o meu corpo com uma densidade asfixiante. Tenho vontade de estilhaçar algo, de fazer algo em pedaços, de provocar dor, mas essa vontade está paralisada em mim. Ontem, conversei toda a noite com Davi. É sempre exaustivo, sempre mortificante.

*

Eu sempre entendi porque todos nós enlouquecemos. Você também sabe, não sabe? Mas é certo dizer que enlouquecemos? Não é mais honesto dizer que nos perdemos? E considerar essa possibilidade – saber que há um caminho de volta, mas que nos é inacessível – não é ainda mais desolador?

Quanto mais Davi fala, mais a sua angústia revela a existência de uma revolta suja, que afasta qualquer possibilidade de conciliação. Agora, ele vem ao apartamento pelo menos uma vez por semana, geralmente aos sábados, e quase sempre no período da manhã. Na maioria dessas visitas, adota um discurso que tenta acessar em mim a memória de tudo o que aconteceu, alcançando um sentimento que, hoje, é mais de cansaço do que de medo ou raiva. E é isso que costumo responder: *Davi, estou exausta*.

Será que o pai e a mãe iam gostar de um piano na sala de estar?, ele pergunta, após eu voltar a acusar o meu cansaço, como se estivesse mudando de assunto.

Você está pensando em qual momento deles? O pai e a mãe recém-casados, ainda apaixonados? Ou o pai e a mãe após a morte do Miguel, antes do nosso nascimento? Ou está falando do pai e da mãe da nossa infância, já destruídos pelo medo e pela ausência; ou da nossa juventude de merda; ou dos seus últimos anos, sozinhos, feridos, muito longe de qualquer salvação?

Ao me calar, percebo que a conversa voltou ao nosso impasse habitual, em que um tenta machucar o outro ao mesmo tempo em que compreende a sua dor e o seu cansaço. Tento recuar, conciliadora.

Nem eu sei se gosto de um piano na sala de estar.

Você precisa colocar um banquinho diante dele. Se não, nunca vai começar a tocar, Davi responde, aceitando o armistício, após se aproximar do instrumento e deslizar os dedos pelas teclas, escalando as notas mais agudas, que ecoam singelas, benevolentes.

Como isso soa pra você?

É bonito.

É, ele concorda, com um sorriso magoado.

Acho que eles gostariam, sim, de ter um piano na sala de estar, finalmente respondo.

Eles iam reclamar, mas iam gostar – Davi sorri, e, após um momento de silêncio, pergunta: e se a gente montasse uma banda? Está, agora, sob o domínio de uma empolgação indefesa, como uma criança que não se lembra do que a desesperava. Até tenho um nome: Piano Fantasma. Você aprende a tocar o piano, eu volto a ter aulas de guitarra, e algum de nós canta.

não se esqueça nunca

A brincadeira consistia em apanhar folhas secas caídas e depositá-las no interior de um balde plástico azul, tarefa que Federico realizava com entusiasmo e método. A poucos metros, sentado sobre a grama, Emerson permanecia com a atenção voltada para o telefone celular. Por vezes, erguia os olhos para observar o menino e dizia frases como nossa, que folhas bonitas você está juntando, o que fazia de maneira tão distraída que sequer percebeu a aproximação do cachorro: um vira-lata afoito que farejava tudo o que encontrava no seu caminho.

Ele não morde, gritou a velha, ao perceber que o cão havia se aproximado do menino. Ele gosta de crianças.

Cauteloso, Emerson se aproximou do filho e do cachorro, mas logo percebeu que a velha não mentia: o animal era manso.

Como é que ele chama?

Bino.

Fala oi pro Bino, Federico, disse para o menino, que havia parado de recolher as folhas caídas e apontava para o cachorro.

Que gracinha, disse a velha. Ele é muito lindo.

Obrigado.

Vocês têm cachorro em casa?

Temos só uma gatinha, a Sofia, mas a minha mãe, a vó dele, tem um pequinês velho.

Eu falo pra minha filha: animal é vida, a velha comentou enquanto seguia Bino com os olhos. O cão havia se afastado alguns metros e cheirava um emaranhado de perpétuas roxas.

Vem cá, Bino. Vem brincar com o Federico, ela repetiu algumas vezes e depois, como o cachorro não a obedeceu, voltou-se para Emerson.

É muito bom o condomínio, né? Olha quanto espaço. Quantas árvores. Ali em cima tem amoreira, goiabeira. Tem até um pé de jambo.

Emerson concordou: disse que haviam se mudado quando ele e a esposa decidiram ter um filho. Gostavam muito do centro, mas agora precisavam de uma casa com quintal, com espaço, perto da natureza.

Criança não pode ficar trancada, sentenciou a velha, antes de começar a falar da sua vida: fora professora de piano, era viúva, e, após a morte do marido, a filha havia lhe convidado para morar com ela. A filha dava aulas de inglês e estava grávida. O genro, coitado, viajava demais, e muitas vezes passava a semana inteira longe de casa.

Enquanto a velha falava, Emerson demonstrou solidariedade quando ela contou sobre a morte do marido (meus sentimentos), parabenizou-a pela gravidez da filha (a senhora sabe: uma criança enche a casa) e lamentou a rotina extenuante do genro (a vida está difícil, não é mesmo?).

Ele já vai pra escola?, perguntou a velha, após uma pausa que denunciava que já não havia muito assunto entre os dois.

Ano que vem.

Qual é a escola?

Jardim de Gaia.

É cara?

Não é barata, Emerson sorriu constrangido. A velha o consolou:

Mas é bom. Escola pública não dá. Muita criança pobre jogada no mundo, sem pai, sem mãe. Não dá pra ficar misturando. Olha como ele é clarinho.

A primeira reação de Emerson foi a de ocultar a sua indignação. Pegou o filho no colo (vamos ver a mamãe?) e se despediu com a cortesia possível (fala tchau pro Bino, querido). Contudo, após se afastar alguns poucos metros, não se conteve. Deu meia volta e acusou:

A senhora é racista, sabia?

*

Enquanto Federico brincava entre as amoreiras, o pai viu surgir o vira-lata, farejando os troncos das árvores e as flores rasteiras. Pensou lá vêm o Bino e a velha. O cachorro farejou próximo aos seus pés. Federico apontou a sua presença da mesma forma que fizera uma semana antes.

A velha gritou ele não morde, ele gosta de crianças, provocando em Emerson uma incômoda sensação de déjà vu, o que recrudesceu uma melancolia que o acompanhava desde o início do passeio. O estopim fora a constatação de que as folhas das amoreiras estavam recobertas de poeira fuliginosa vinda da estrada, o que se somou ao encontro que tivera perto da piscina: uma jovem que comandava uma aula de yoga no ponto mais alto do condomínio. Mais além, a visão da cidade, que se estendia sob um céu sujo e baixo de setembro, com diversos focos de queimada na linha do horizonte, e com o sol vermelho em meio a uma névoa turva.

Por conta de tudo isso, quando a velha os alcançou, ele já estava com Federico no colo, pronto para se afastar. O menino, contudo, começou a espernear e a chorar, sinalizando que não queria ir embora. Após conter um ímpeto de agressividade contra o filho, Emerson o pousou no chão, raivoso (Por que, afinal, somos nós que precisamos ceder espaço?).

Quando eles querem, eles querem, brincou a velha.

Pois é.

A minha filha também era assim, ela disse, sem perder o bom humor. Depois, diante do silêncio do seu interlocutor, passou a repetir as perguntas do encontro anterior (Qual era o nome da criança? Tinham cachorro em casa?), obtendo respostas lacônicas. Foi quando voltou a relatar as circunstâncias da sua velhice: a viuvez, a convivência com a filha grávida, o genro que passava a semana toda viajando.

Ela está tão caduca que se esqueceu da gente, constatou Emerson, irritado porque a velha não se lembrava da condenação proferida no encontro anterior. Contudo, logo a irritação evoluiu para um inesperado dilema moral: deveria retribuir a amnésia do outro com o seu próprio esquecimento?

Não, não é possível. Não é honesto que eu também me esqueça, afirmou a si mesmo, enquanto evocava um poema do salvadorenho Roque Dalton: *no olvides nunca/ que los menos fascistas/ de entre los fascistas/ también son/ fascistas.*

Ele já vai pra escola?, tornou a perguntar a velha, interrompendo a evocação de Emerson, que, apesar da resolução anterior, descobriu-se sem forças para um novo embate, de modo que optou por mudar de assunto:

Já são mais de cem dias sem chuva, não é mesmo? E agora começaram as queimadas.

A velha lançou um olhar ao redor, com um súbito semblante de exaustão, e Emerson se lembrou dos versos de Drummond que falavam de *pupilas gastas na inspeção contínua e dolorosa do deserto.*

É, concordou, também ela desanimada, e, após um instante de desolado silêncio, passou a falar sobre o seu jardim.

Precisa regar todos os dias, sabia?

wladimir, solange, verônica

Logo após o divórcio, quando já não era segredo o que havia começado como uma relação extraconjugal, Wladimir passou a deixar Solange no trabalho todas as manhãs: uma pequena oficina dedicada ao reparo e ao comércio de máquinas de escrever. Solange era uma das atendentes, e fora lá, na "São Expedito – Máquinas de Escrever", que Wladimir a conheceu enquanto buscava uma peça de reposição para a máquina de escrever que havia herdado do pai.

A oficina ficava na rua Joaquim Nabuco e ocupava o andar térreo de um prédio de três andares. Os pavimentos superiores eram destinados a pessoas que precisavam de uma estadia barata nos arredores do terminal rodoviário. O nome dessa pequena pensão era "Casa Grande", e ela se tornou conhecida por ser o ponto final de uma dessas tragédias que mobilizam os jornais em todo o país.

Havia acontecido algumas semanas antes, em Blumenau, e os fatos foram registrados pelas imagens obtidas pelo circuito de segurança de uma pizzaria. O que primeiro as imagens mostram é um veículo estacionando junto à calçada e, logo na sequência, outro veículo que chega e estaciona ao lado. Nada acontece por alguns segundos. Sai do automóvel que chegou primeiro um rapaz que não parece ter mais do que trinta anos, gesto imitado pelo outro motorista. Eles começam a conversar e, pelo gesticular das mãos, é possível perceber que discutem. Do primeiro veículo, sai uma mulher, que caminha até os homens. Ela também gesticula e é possível perceber que está nas últimas semanas de gravidez. O homem que a acompanha empurra o outro rapaz – que por um momento sai do enquadramento da câmera – e se coloca em posição de luta. Porém, antes que as imagens apontem o motivo, ele cai. A mulher grávida, no silêncio da filmagem, começa a gritar. O rapaz que fora empurrado volta a entrar no enquadramento da câmera, armado com um revólver. A grávida corre na direção do carro, mas o homem dispara na direção da mulher, que cai e, já ao cair, é possível perceber que está morta.

O caso – o assassinato de uma mulher na trigésima oitava semana de gestação, em decorrência de uma briga de trânsito – teve uma repercussão comovida. O autor dos disparos logo foi identificado, mas a essa altura já estava foragido, e não havia sinal do seu paradeiro até a manhã em que Solange chegou para trabalhar e percebeu um cheiro ruim vindo dos apartamentos da "Casa Grande". Na sequência do dia, o fedor se tornou cada vez mais forte e incontornável. Os funcionários acionaram a polícia, que compareceu ao local. Dentro de um dos quartos, morto após ter aberto os pulsos, estava o assassino de Blumenau.

Nesse dia, Wladimir teve de ir buscar Solange na delegacia. Assim que a mulher entrou no carro, ele perguntou se havia algo que pudesse fazer.

Está tudo bem, ela respondeu. Durante o resto do caminho, olhou a cidade pela janela do carro, até que, com o rosto turbado pelo espanto, voltou-se para Wladimir.

Você ainda acredita na bondade das pessoas?

Está difícil, não?

Ele atirou numa mulher grávida, Wladimir. Ela ia ter um bebê. Você consegue acreditar nisso?

*

Eu te amo, disse Solange, após um beijo rápido em Wladimir. Saltou do carro e entrou na oficina de máquinas de escrever. Wladimir seguiu o seu caminho. A manhã era fria e suja. Preso num congestionamento na rua Martinico Prado, Wladimir desceu o vidro do carro e acendeu um cigarro. Desde antes do fim do seu casamento com Verônica, não conseguia se livrar de um incômodo irritadiço que apenas poderia definir da seguinte forma: um ressentimento bruto, mesquinho, fechado para qualquer barganha. Wladimir se ressentia como quem, com os dedos de uma mão, contabiliza os seus poderosos credores, e, com os dedos da outra, os seus impassíveis devedores. O mais odioso, contudo, era perceber que em seu crescente rancor havia resquícios de carinho, afeto, sonhos sinceramente oferecidos, idílios tão facilmente desperdiçados. Foi com esse sentimento que, enquanto fumava, passou a observar o ritual de limpeza de uma das miseráveis que viviam na Praça da Locomotiva: sem blusa, após umedecer um pano encardido, começou a limpar os seios, depois tornou a vestir a blusa e, sacando um canivete do meio dos seus pertences, atacou a imunda sola do pé, extraindo a pele mais grossa.

*

Wladimir vivia com Solange no Monte Alegre: um apartamento pequeno, de quarenta metros quadrados, com apenas um quarto e um banheiro. Ficava no segundo andar, diante de um terreno baldio invadido pelo mato. Na calçada do outro lado da rua, havia uma caçamba repleta de materiais de construção e de lixo. O domingo entardecia. Após dar o último gole na cerveja, Wladimir amassou a lata e jogou o que restava do cigarro num vasinho com um girassol seco. Ecoavam os rumores da narração de um jogo de futebol. Depois, surgiu a melodia de um piano estranho, claudicante, gago.

Na sala, em diversas caixas, havia alguns pertences que Wladimir ainda não colocara no lugar.

Sentou-se diante da caixa de livros e passou a esvaziá-la. Diante de *Angústia*, abriu a contracapa e leu:

Um dos piores cheiros é o da água que apodrece. E o amor é uma luz que vai sendo infiltrada pela água que, pouco a pouco, se estraga, colocando na epiderme do dia – e onde estamos nós senão zunindo na epiderme do dia? – um fedor cada vez mais permanente.

Era uma das muitas anotações deixadas por Verônica nos seus livros. Wladimir afastou o exemplar de *Angústia* com o seu habitual rancor, mais uma vez entregue à constatação de que ela era mais talentosa do que ele.

Por que não saímos para dar uma volta?, a voz ecoou súbita, sobressaltando Wladimir. De pé, junto à porta da sala, enquanto descascava uma laranja, Solange estava com a cara amassada após o sono vespertino.

Saíram. Numa esquina, Wladimir precisou frear para evitar a colisão com uma motocicleta conduzida por um sujeito que vestia uma camiseta cavada, bermuda jeans, e que trazia, na garupa, uma jovem de cabelos molhados. Estavam ambos sem capacetes e riam.

Tontos como nós após *La Folia*, Solange falou e sorriu maliciosa, em alusão ao motel que frequentavam quando Wladimir ainda era casado.

Ele nada respondeu e Solange passou a acariciá-lo, correndo a mão entre as suas coxas. Sabe que tenho saudades disso? De ir te punhetando devagarinho no caminho até o motel.

Após o sexo, com o corpo de Solange retalhado pela luz que se infiltrava por entre as frestas da persiana, Wladimir pôs-se a escutar a sua pesada respiração. Não se lembrava dela respirando assim antes, com outro dentro dela. Após se sentar na cama, ainda olhou para o ventre da mulher, pensando no acidente que era ter um filho seu se formando ali dentro. Em seu devaneio entorpecido, acabou por se lembrar de um poema de Manuel Bandeira, modificando os versos na sua cabeça:

Uns usam camisinha, outros pílulas do dia
[seguinte,
Mas o cálculo das possibilidades é um acinte

*

A instalação dos chuveiros e dos ventiladores de teto, a contratação de uma empresa de marcenaria para a instalação de armários e guarda-roupas, os vindouros gastos com a companhia de mudança e os preparativos para a chegada da criança faziam com que as despesas ultrapassassem com folgas as receitas de cada mês, levando a um endividamento crescente. Wladimir demorava a dormir. Quando o sono vinha, despertava sobressaltado, sufocado por uma ideia de descontrole que lhe parecia cada vez mais irrevogável e absoluta.

Foi nesse contexto de inevitável colapso financeiro que Solange, lançando mão de um gesto de desesperado anacronismo, abriu a lista telefônica que havia na oficina de máquinas de escrever e telefonou para todas as lojas de tintas. Assim descobriu a Monteiro Tintas, cujos preços representavam a primeira despesa que ficava abaixo do previsto, o que Wladimir e Solange receberam como um inconfundível sinal de esperança. Combinaram de ir à loja no sábado de manhã para comprar a tinta com que pretendiam pintar o quarto de Heitor.

Fica pra lá do Jardim Progresso, disse Solange, enquanto fixava o smartphone no suporte preso ao painel do carro, com o mapa mostrando o caminho que deviam percorrer. O rádio estava sintonizado numa estação local (Hoje FM), que apresentava as ocorrências policiais da noite passada. Uma notícia recebia especial destaque: no Quintino I, um sujeito fora até um carrinho de lanche e, após ter consumido um X-Tudo e um guaraná, havia saído sem pagar. Em decorrência do calote, a dona do carrinho de lanche, que tinha envolvimento com os traficantes da região, havia usado da sua influência para que o rapaz recebesse uma reprimenda. Os bandidos levaram o coitado ao encontro da sua credora, inicialmente para um pedido de desculpas, e depois, como punição, queimaram (até a carne viva) as suas mãos na chapa de hambúrgueres, espancando-o na sequência. A vítima, levada ao hospital, permanecia em estado crítico.

Pois é, Márcio, um dia a chapa esquenta, disse o locutor do programa, espirituoso, antes de chamar os comerciais e fazer o chamado do próximo bloco: após o intervalo, entregador de marmita morre degolado por linha de cerol.

*

Passaram por um terreno ocupado apenas por sucatas de carros, depois por uma sequência de galpões industriais, e, finalmente, por um vasto lote ocupado por barracos precários. Pairava um forte cheiro de esgoto, recrudescido pelo sol. Entre os caminhos de terra batida, crianças corriam em meio a cachorros e galinhas. Adultos conversavam diante dos barracos. Wladimir perguntou se ainda estavam no caminho certo.

Ainda bem que conseguimos o financiamento da casa, comentou Solange, alheia à sua pergunta. Olha como essa gente vive. Olha o que está acontecendo nesse país. A sua voz transitava entre o cansaço e a indignação, o transe e a lucidez, como se sonhasse e relatasse, para alguém fora do pesadelo, as suas aflitivas impressões.

Esse mês já estouramos o cheque especial, informou Wladimir, descontente.

Solange permanecia olhando pela janela do carro.

O que você disse que gostaria de comprar para o Heitor? Uma luneta?

O quê?

Uma luneta. Você disse que queria comprar uma luneta. Por que mesmo?

Wladimir lembrou-se do que havia dito: fora na semana em que o banco aprovara o financiamento da casa. Ele e Solange falavam das vantagens de ter um fundo de quintal. Heitor vai ter espaço para brincar, vão poder ter um cachorro, fazer churrascos no final de semana. Solange estava entusiasmada como se realmente tivesse alcançado o seu quinhão de alegria. Wladimir, para a sua própria surpresa, também estava feliz. Imaginou, sobre o fundo do quintal da sua futura casa, um céu estrelado como nunca antes vira e comunicou o desejo de comprar uma luneta.

Você sabe, para o Heitor conhecer a grandeza de tudo, chegou a justificar, mas o momento havia passado. Agora, experimentava uma súbita irritação contra Solange, como se ela – ao trazer à tona os seus desejos mais indefesos – o expusesse ao ridículo.

*

Quando passo os dedos sobre os meus cabelos, alguns confetes, emaranhados entre os cachos mais espessos, soltam-se e caem no piso. A balconista, que prepara alguns pedidos para a retirada dos motoboys, sorri. Verônica deita a cabeça em meus ombros. Tenho o impulso de dizer que a vida, para a perversão, é longa e fértil; que tempo há para que a virtude se arraste para a lama; que nunca faltarão oportunidades para a prática de covardias, de traições, de crueldades. Era bom e agora não sou mais. Acontece com toda a gente. Contudo, calo-me, ou melhor, apenas sorrio. Amo também. O caráter do amor é qualquer caráter e a moral do amor é qualquer moral. Levo a palma da minha mão direita até os lábios de Verônica. Ela beija-me a mão, piedosa, como se me perdoasse.

Verônica está usando uma camiseta com a frase "Madame Bovary c'est moi". É a minha fantasia de carnaval, ela diz e sorri. A balconista grita o meu nome. Vou até ela e recebo um embrulho contendo um x-frango bacon e um x-burguer vinagrete.

Quer mostarda e catchup?

Aceno que sim e recebo pequenas porções dos condimentos. Madame Bovary engata um dos braços ao meu e assim saímos da lanchonete, pisoteando, distraídos, os confetes sobre o chão – como se fôssemos um poema ruim, como se fôssemos, meu deus do céu, uma degenerada marchinha de carnaval.

Enquanto ela limpa a boca com um guardanapo, pergunto se quer voltar para o quarto. Verônica sorri. Debruço-me sobre o seu corpo. Beijo a sua boca. Sinto o gosto de suor, de cigarro, de cerveja, do lanche há pouco devorado. Ela morde os meus lábios, enquanto eu, com a mão mais próxima, acaricio a parte interna das coxas. Ao perceber as unhas, ela se retrai. Avanço. O carro está estacionado sob a sombra espessa de duas paineiras. Ninguém nos vê. Tento tirar a camiseta em que está escrito Madame Bovary c'est-moi. Tento, na verdade, rasgá-la. Verônica resiste. Ligo o carro.

Do alto dos postes cai uma claridade esfumada, uma mistura de pó de mármore e cinzas de árvores, de lavouras inteiras queimadas na planície limite. Os homens e as mulheres que passam são fantasias borradas: um velho sobre uma bicicleta, uma senhora de corpo momesco mascarada como nos carnavais de Veneza, um carro fora de controle ocupado por rapazes que gritam e lançam, contra os muros de uma escola, uma esvaziada garrafa de vodca.

Já disse qual a minha fantasia, não disse?

Lembro-me da tarde. O sol abrasando as paredes do quarto. A penumbra carmesim. O corpo dela se movendo como uma enguia em águas turvas. Os seios como vitórias-régias que vêm à tona, castanhos, no ardor avermelhado. Lembro-me dela se vestindo. O seu corpo nu saindo do horizonte das minhas retinas. Lembro-me dela remexendo as minhas camisetas. Pega aquela em que está escrita a frase "Madame Bovary c'est moi". Veste.

Sou você. É a minha fantasia de carnaval. Você. Poetinha de merda que ninguém sabe quem é. Estou fantasiada de carne desvairada.

uma tentativa de esgotamento

sem indicação de data

São mais de cem árvores, entre as quais quaresmeiras, resedás e paineiras.

Há também uma grande diversidade de árvores frutíferas, na sua maioria limoeiros, amoreiras e goiabeiras. As goiabas são brancas e vermelhas. Os limões são taitis e galegos, sem um único limoeiro que dá limão cravo, de sumo avermelhado, tão presente na minha infância. Há abacateiros e um projeto frustrado de horta coletiva.

Já avistei pássaros pretos, quero-queros, tico-tico reis, canarinhos, beija-flores, maritacas, pombos, sanhaçu-azuis, pardais, uma família de João-de-barro que construiu a sua casa no alto de um poste, corujas, pica-paus.

Há mais de uma dezena de comedouros e bebedouros de pássaros.

Os comedouros são pequenas casinhas de madeira. Os bebedouros são pequenos recipientes de plástico que imitam flores.

sem indicação de data

Um alto muro assinala os limites do condomínio do lado da rodovia. Então há a pedreira e, mais além, um denso arvoredo.

Nos meses quentes, é comum avistar garças que voam até o arvoredo, quando sobrevoam as nossas casas.

Nas tardes de sol após a chuva, essas garças – em seu voo diáfano – reluzem como se fossem de vidro.

Nós percebemos a existência delas logo após a mudança para cá. A contemplação nos dava um sentido de placidez por estar diante de algo que não ocultava a sua liberdade. Trata-se de um sentimento de eficácia imediata, mas breve, e com o tempo paramos de perceber a passagem delas.

Emerson até perguntou, dias atrás: será que migraram para outro lugar?

Confundimos a nossa distração com a ausência dos pássaros, pensei em responder, mas era um daqueles passeios de conversas inconclusas, de um silêncio sujo, pontuado pelo som de nossos passos sobre o cascalho.

sem indicação de data

A inevitabilidade dos ratos tem como consequência a inevitabilidade das ratoeiras.

Nos limites do condomínio Reserva do Sol, espalhadas em locais estratégicos, contei mais de trinta armadilhas para roedores.

sem indicação de data

Ainda sobre ratos, uma memória de quando Fátima vivia na casa ao lado.

Uma manhã, ela bateu na porta e perguntou se tínhamos um pouco de cimento e apenas depois explicou que havia uma família de ratos aninhados na sua lavanderia, atrás da máquina de lavar, e que pretendia produzir o seguinte veneno caseiro: farelos de pão com cimento. Ela disse que era infalível: os bichos comiam e morriam. Eu respondi que não tinha, mas ela deve ter conseguido com outro vizinho, pois, nos dias seguintes, surgiu entre nós um cheiro de bicho morto.

sem indicação de data

Pelo menos uma vez por semana vejo um caminhão de mudanças aqui no condomínio, seja trazendo os pertences de novos moradores, seja para levar os despojos daqueles que estão indo embora.

Em razão desse fluxo, é difícil delimitar o total de moradores que há no condomínio, mas estimo um número em torno de duas mil e quinhentas pessoas. Cheguei a esse número após os seguintes cálculos: do total de setecentos e dezenove unidades, o percentual de residências desocupadas oscila entre 10% e 15%; as casas ocupadas, por sua vez, contam com uma média de três a quatro moradores.

Residências ocupadas apenas por um casal são mais raras. Quando isso acontece, é certo que o casal se mudou para o condomínio com a intenção de aumentar a família.

Famílias com três ou quatro pessoas são as configurações mais comuns.

Já reparei em casas com cinco moradores.

Não há ninguém, até onde sei, que more sozinho aqui, o que torna a nossa vizinhança ferida pela ausência de solitários.

sem indicação de data

Um condomínio limpo, sem a necessidade de cães de rua ou miseráveis para coletar ou devorar o que os lixeiros deixaram para trás.

sem indicação de data

Cercas vivas de podocarpos marcam a divisa entre as garagens de cada unidade.

O concreto dos muros é oculto por murtas.

Ao redor de muitas árvores há bordadeiras de hera-roxa.

A piscina é contornada por altos coqueiros.

Os ipês e as paineiras, que podem atingir um tamanho descomunal, ficam nas áreas onde não há casas próximas.

A cada três casas há uma quaresmeira ou um resedá rosa na calçada, mas as árvores nunca se alternam na mesma rua, de modo que há as ruas das quaresmeiras e as ruas dos resedás.

sem indicação de data

O acender das luzes traz a desolação da hora imprecisa.

Isso ocorre porque, quando as lâmpadas dos postes passam a irradiar o seu amarelado e mortiço brilho, a noite não é mais do que uma sombra esfumada caindo sobre o contorno do que é próximo, enquanto, na distância, o horizonte ainda queima uma brasa ofuscante.

A cor que se apresenta na linha do céu poente se altera conforme a época do ano: nos meses quentes, fogueira de ouro; na transição entre o calor e os primeiros dias outonais ou nos últimos dias de inverno, uma faixa vermelha delimita a distância; à medida que se aproximam os dias mais frios, o véu crepuscular é de uma palidez violácea.

Outro detalhe que percebi é que, no imediato instante que precede o acender das luzes, vibra um ruído de estática nos postes distribuídos ao longo da pista de caminhada.

Essa circunstância acrescenta tristeza ao momento, pois é como se toda a sujeira e exaustão do dia que termina ganhasse a materialidade de um frêmito, um eco que dura um instante mínimo, e então o silêncio retorna e cai sobre os telhados a exausta e imunda quietude do anoitecer.

Além de mim, a única criatura atenta a esse frêmito é o cachorro que vive numas das casas cujo fundo do quintal contorna a pista de caminhada. Ao escutar o rumor, ele sempre se põe a latir, em alerta.

sem indicação de data

Agora, Emerson integra o grupo Ciclistas do Sol, que se reúne para passeios noturnos pela cidade, com exceção dos finais de semana, quando os passeios ocorrem nas tardes de sábado e manhãs de domingo.

Durante os passeios de sábado à tarde, antes de regressar, eles costumam parar, com o objetivo de ver o pôr do sol, diante de um imenso loteamento que fica a poucos quarteirões do condomínio.

A escolha pelo loteamento se justifica pelo fato de ele oferecer uma visão ampla do céu poente, já que não há árvores ou prédios, apenas a linha do horizonte e o céu incendiado e poeirento de Ribeirão Preto. É um bom cenário para fotografias em redes sociais, pois dão a entender que alguém que se encontra diante de um céu tão despossuído é detentor de um espírito livre, de um corpo ativo, de uma mente voltada para a beleza fulgurante e vertiginosa da imensidão.

sem indicação de data

Uma tentativa de esgotamento pressupõe uma rotina de banalidade, de previsibilidade. Penso nisso agora, pois, na semana passada, encontrei um caderno com antigas anotações e que o Federico tomou para fazer desenhos e rabiscos. Entre os rabiscos, eu li "a previsibilidade do desespero" e, na linha de baixo, "a previsibilidade do delírio".

Não me lembro de quando fiz essas anotações. É provável que tenha sido um dos apontamentos da pandemia.

sem indicação de data

Uma tentativa de esgotamento pressupõe que um dia seja todos os dias, que aconteça amanhã o que aconteceu ontem, que o dia presente seja um borrão, e então você pode prestar atenção em algumas coisas: pode contar o número de árvores, pode reparar na chegada ou na ausência de um pássaro, pode anotar nomes de cachorros ou de redes Wi-Fi da vizinhança.

É necessário, portanto, que um fato não se destaque em relação aos demais, pois aí há duas consequências possíveis: ou esse fato se torna o centro nervoso de uma sequência de atos e pensamentos, ou esse fato é coroado pela indiferença, e aí é a indiferença que se torna o centro nervoso.

sem indicação de data

O que eu estou tentando escrever é: ontem, um menino, um amigo de Federico, afogou-se na piscina.

sem indicação de data

Eu precisei me deitar ao seu lado e acariciar os seus cabelos e cantarolar. Federico traduzia o seu espanto em preocupações de ordem prática. Queria saber, por exemplo, quem iria tirar o amigo das águas. Eu disse que era um bombeiro e a resposta o tranquilizou por um momento, pois ele vive uma idade em que brinca de bombeiro quase todos os dias, encenando resgastes de animais imaginários. No instante seguinte, as suas perguntas passaram a se concentrar nos elementos concretos da ausência. Quem estaria dormindo, agora, na cama da criança afogada? O que seria feito dos seus brinquedos?

Foi quando eu o abracei mais forte, e disse dorme, querido, dorme, e acabei por adormecer antes do que ele.

sem indicação de data

O toque do interfone tem um significado inequívoco: alguém do lado de fora quer falar com alguém do lado de dentro, o que acontece com cada vez menos frequência, e nunca de maneira inesperada. Isso explica o meu sobressalto quando o interfone tocou logo no início da manhã.

Do outro lado da linha, um homem se identificou como um funcionário que trabalha na portaria e informou que alguns interfones vinham funcionando de maneira errática. Realizou o seguinte pedido: eu deveria interfonar de volta, tudo para demonstrar que o nosso aparelho operava sem problemas, recebendo e realizando chamadas.

Fiz o que foi determinado e não houve resposta.

Alguns minutos depois, o interfone voltou a tocar. Era outro homem que falava comigo. Soube disso porque a voz era diferente. Ele me informou que alguns técnicos realizaram ajustes e pediu que eu voltasse a interfonar para a portaria. Obedeci e, mais uma vez, não obtive resposta.

Ainda assim esperei, indefesa, pacífica, tentando silenciar a violência de um pensamento que começava a dar murros do lado de dentro do meu peito.

sem indicação de data

Como se, com as palmas das mãos, eu acariciasse o inexorável concreto de uma parede sem portas.

sem indicação de data

Saímos para uma caminhada antes da janta. Até o parquinho de areia, não cruzamos com nenhum outro morador. O ar estava carregado de uma eletricidade pesada e lúgubre. Chegamos até a quadra, onde Emerson tentou jogar bola com o Federico, mas ele estava assustado demais para brincar.

Quer que eu te leve até a piscina pra você ver que não tem ninguém lá?, perguntou Emerson. Era nítida a sua impaciência.

sem indicação de data

Emerson insistiu e Federico plantou os pés no chão, tentando se desvencilhar do pai. Vamos pra casa, eu pedi, mas Emerson já estava mais próximo da violência do que do bom senso. Foi com esse sentimento de exasperação que ele pegou Federico no colo e, passando por cima de mim, caminhou com ele até a piscina. O menino esperneava.

Me deixa ser pai, Emerson dizia, exasperado. Me deixa ser pai.

Os postes de iluminação estavam desligados e a água permanecia imóvel. O luar – uma pálpebra avermelhada – brilhava entre duas nuvens maciças, e a luz que chegava era das casas ao redor.

Está vendo, não tem ninguém lá, olha só, Emerson continuou a falar enquanto pousava Federico no chão. O menino continuava amedrontado, mas já não chorava.

Acha mesmo que tem alguém lá dentro pronto pra puxar o seu pé?

Diante da hesitação de Federico, Emerson tirou os chinelos e se sentou nas bordas da piscina. Para evitar que a situação piorasse, fiz o mesmo. Senti as pernas envolvidas pela água, a sua viscosidade fria e fantasmal, e então passei a mexer as pernas para frente e para trás, formando pequenas ondas que avançavam poucos metros e desapareciam.

Isso que é vida, não? Ter uma piscina com vista pra toda a cidade. Dá pra se sentir um magnata, não dá? , Emerson sorriu, orgulhoso.

sem indicação de data

Alice disse que o seu cachorro se chama Ajax e que ele é tão bonzinho que Federico poderia fazer carinho nele. Ela estava sentada no meio-fio da calçada, e brincava com gizes coloridos. O cachorro estava ao seu lado, sem coleira. O que primeiro chamou a minha atenção foi a frase "eu amo pão", escrita pelo menos cinco vezes, uma sentença acima da outra, como num caderno de caligrafia. Ela também havia desenhado o diagrama de um jogo de amarelinha.

A sua mãe saiu na porta de casa, gritou o seu nome e Alice foi embora, levando Ajax com ela. Federico estava mais interessado nos gizes esquecidos sobre o asfalto. Peguei um e disse vamos fazer desenhos na frente da nossa casa.

O dia estava bonito. Um dos primeiros entardeceres em que era possível perceber a passagem do verão para o outono. Soprava um vento mais gelado e o céu poente estava organizado em três faixas de cores: a faixa mais estreita, rente ao chão, na lonjura limite, era vermelha; um pouco acima, o céu era um clarão dourado, e era esse fulgor que recortava as silhuetas das árvores cujos galhos começavam a perder as folhas. O que restava do céu era de um azul desbotado, povoado por erráticas nuvens que oscilavam entre um pálido laranja e um rosa quase transparente. Escutei, vindo de algum rádio, a oração de São Judas Tadeu:

O Senhor Jesus Cristo esteja convosco para vos [proteger,
À vossa frente para vos conduzir,
Acima de vós para vos iluminar,
Atrás de vós para vos guardar,
Ao vosso lado para vos acompanhar.

Enquanto seguíamos pela pista de caminhada, passou um sujeito correndo e desapareceu na curva adiante. Saímos da pista e atravessamos um terreno marcado por um mato baixo e por um caminho feito com blocos de ardósia. Foi quando soube que Alice, que tem o hábito de rabiscar o chão com gizes coloridos, não é muito diferente de mim, pois os blocos alternavam (escritas com a mesma letra que ela grifou “eu amo pão”) as palavras “vivo”, “morto”, “vivo”, “morto”, “vivo”, “morto”.

sem indicação de data

Sete anos após a nossa mudança para cá, nunca soube de suicídios no condomínio Reserva do Sol.

sem indicação de data

Tenho pensado muito nos passeios que fizemos durante as últimas semanas de gravidez. A cidade atravessava uma seca violenta, mais de cem dias sem chuva, e ainda assim a gente insistia em caminhar sob um céu encardido, baixo e quente como uma laje de chumbo. Diversos sinais de incêndio pontuavam o horizonte. O tempo exterior, suspenso, com cada dia assumindo o peso de uma insuportável ausência, tinha como contraste o tempo dentro de mim, que crescia, ganhando a forma de uma criatura humana. Eu me voltava para Emerson, angustiada.

Não acha que toda essa esperança é desespero?

Ao fazer essa pergunta, eu não imaginava, ou melhor, eu não tinha ideia de como seria ser guiada, durante as caminhadas, pelo entusiasmo de Federico.

O itinerário pouco mudou desde então: seguimos até o final da rua, indo para além da última casa. O asfalto é sucedido por um terreno irregular. Predomina um mato rasteiro, pontuado por ramalhetes de perpétuas roxas. Também há dentes de leão e sempre surgem cogumelos quando chove muito e depois vem um mormaço ensolarado. Durante um desses passeios, descobrimos uma toca onde viviam três corujas, perfeita e singela representação de nós mesmos. As tardes são atravessadas por um rumor que iguala todos os seus ecos numa espécie de ruído branco composto pelo som de televisões ligadas, por algum choro de criança, por canções moduladas pelo vento, por latidos, pelo bate-estaca das máquinas funcionando na pedreira. O que se destaca com maior nitidez é o arrulho dos pombos. Um som lúgubre, e que parece contaminar o silêncio que o sucede. O tempo, estagnado, transforma-se num fóssil; um corpo informe que parece conservar, em sua aspereza, a infinita desesperança das casas suburbanas às cinco e às seis horas da tarde.

sem indicação de data

O sol de maio é límpido e afiado, com agulhas de luz contra as retinas, mas a brisa que sopra é fria. Federico seguia alguns metros adiante. Após observar algo caído na sarjeta, ele correu de volta na nossa direção para avisar que tinha visto um passarinho morto, o segundo que encontramos esse mês. Na verdade, o primeiro passarinho ainda estava vivo e agonizava no asfalto. Nós o apanhamos do chão e tentamos salvá-lo, mas ele morreu dentro de uma caixinha de sapato logo que a gente chegou em casa. Foi tempo bastante para Federico ficar impressionado com a sua morte. Ofereci o consolo de um ritual de despedida. Coloquei o passarinho (um sanhaçu-azul) em meio a alguns chumaços de algodão, junto a rosas sanguíneas e jasmins, e depositamos a caixinha de sapato ao pé de uma paineira. Ainda coloquei algumas pedras sobre a caixa de sapato.

Agora, diante do segundo passarinho morto, Emerson logo começou a reclamar ao perceber que Federico não daria sossego enquanto a gente não repetisse o ritual.

Que mal há em fazer o funeral de um passarinho?, perguntei, e Emerson ficou todo na defensiva: mal não há, mal não há, mas é esquisito, não acha esquisito?

Disse que não achava nada esquisito e peguei o passarinho no chão. As formigas já estavam devorando os olhos do coitado. Expliquei que a gente só precisava ir até as paineiras e pousar o passarinho ao pé de um tronco, protegendo o seu corpo com folhas e flores colhidas no caminho. Emerson resmungou mais um pouco, mas não se opôs. Federico ficou incumbindo de pegar flores roxas caídas das quaresmeiras e assim seguimos.

sem indicação de data

Não parece que estamos nos afogando?, perguntei, vencida por um súbito cansaço e angústia. Sentia a pele castigada pela poeira fuliginosa, pela ausência de chuva concentrada numa atmosfera espessa e rarefeita, que parecia resistir ao esforço dos meus passos (como se eu caminhasse afundando os pés na areia) ao mesmo tempo em que roubava o ar dos meus pulmões, tornando a respiração ofegante e nervosa.

Você acha isso mesmo?, perguntou Emerson, num movimento comum a ele, quando busca tornar as minhas palavras exageradas, ou melhor, quando busca tornar as minhas palavras o signo de algo irreal.

Você nunca se afoga, não é mesmo?, respondi, sem conter a minha irritação.

Pela tarde, fui nadar: foi isso o que ele disse, tomando para si a frase de Kafka ao saber da eclosão da primeira guerra. Não foi a primeira vez que ele a repetiu. Deve imaginar que transmite uma ideia de força e pragmatismo: a ideia de que aqui vivemos, entre os escombros e os massacres, e que a vida não suporta hesitações ou crises.

Que bom que você é um nadador, eu disse, dando o que ele queria enquanto me lembrava de nós todos sentados nas bordas da piscina, mexendo as águas com as pernas.

um princípio de náusea

Juliano e Zé Luís, que haviam trabalhado juntos no cursinho Apogeu, não se viam há anos quando se reencontraram na sala de espera de um cardiologista. Após os cumprimentos habituais, Zé Luís passou a relatar o ataque cardíaco que, em outro colégio, havia sofrido durante uma aula de química. Descreveu o infarto como um coice seguido de afogamento e, com um ar que misturava iluminação e uma melancolia resignada, passou a dizer que o incidente o havia obrigado a mudar alguns hábitos. Agora não bebo mais, parei de fumar, tento me alimentar melhor, já não me importo tanto com o trabalho, e só com isso já perdi quase quinze quilos, resumiu, antes de perguntar a Juliano o que o trazia até um cardiologista. Juliano respondeu que vinha enfrentando episódios de hipertensão, o que deu a oportunidade para que o velho professor de química adotasse um tom paternalista.

Você precisa se cuidar melhor, meu amigo, disse, para depois enumerar algumas tragédias. Sabe aquele menino que todo mundo chamava de Bob Esponja? Se matou. E sabe o Farnesi? Morreu. Quatro meses apenas. Um câncer no intestino.

O Farnesi morreu?, perguntou Juliano, incrédulo, enquanto passava em revisita o que sabia sobre o extinto companheiro: um sujeito pelo menos dez anos mais velho e que, quando Juliano iniciou a sua carreira, já se posicionava como um crítico da indústria do vestibular, da violência que era impor a adolescentes uma pressão tão grande pela aprovação, da ganância sem escrúpulos dos empregadores. Também gostava de filmes dos anos 40 e 50, e muitas vezes se perdia em reminiscências sobre os antigos cinemas de Ribeirão Preto, quando discorria sobre a cidade com um carinho indefeso. Por vezes, falava do filho, um menino que ele e a esposa haviam adotado após uma série de abortos espontâneos. Trouxe muita dor com ele, confessou uma vez, para depois terminar com um acento de esperança (mas é injusto acreditar que ele não pode ter o que outras crianças têm). Nessa mesma conversa, após uma súbita mudança de assunto, virou-se para Juliano. Vou te dar um conselho: buceta de aluna é uma delícia, mas não dá futuro. Juliano, atônito não apenas com o comentário, mas também com o inédito linguajar utilizado por Farnesi, limitou-se a perguntar: mas por que está me falando isso? O professor de geografia, contudo, repetiu a afirmação: eu sei, buceta de aluna é bom demais, mas não dá futuro. Por fim, complementou: a gente faz muita coisa que destrói a nossa vida.

*

Juliano mergulhou na piscina, como já havia feito algumas vezes nas últimas semanas. Mais do que uma falhada tentativa de se exercitar, o hábito vinha se caracterizando como um momento de suspensão durante um verão marcado por sucessivas ondas de calor. O mergulho inicial era sempre o mesmo. Impulsionado pela velocidade do salto, emergia alguns metros adiante e desferia algumas poucas braçadas até alcançar a borda oposta. Ao interromper os movimentos, afastava do rosto e dos olhos o excesso de água e olhava ao redor. Como nas outras tardes, não havia nenhum outro morador por perto, embora, da academia, chegasse um abafado rumor de música eletrônica. O céu era um amontoado de nuvens crispadas, não havia qualquer vento, e era possível perceber que os próximos dias seriam de calor massacrante. A piscina estava cercada por algumas espreguiçadeiras. O muro alto, que indicava os limites da área de lazer externa, dava para os fundos de um estacionamento onde cresciam alguns mamoeiros. Do lado oposto, uma porta de vidro indicava a saída e também o caminho para a modesta academia do condomínio Village Santorini. Ao lado da porta de vidro, havia um vaso com uma primavera de galhos secos e com as poucas folhas restantes já amareladas. Ainda assim, acima do vaso, fixada na parede, ficava uma armação de arame para o caso da trepadeira se alastrar.

Desde a ida ao cardiologista no período da manhã, Juliano vinha pensando em Farnesi. Haviam trabalhado tão pouco tempo juntos, e a convivência entre eles fora marcada por momentos de uma banalidade tão cordial (o comentário sobre as alunas fora uma exceção), que não conseguia compreender o que o entristecia no falecimento do colega. Acabou por se lembrar de um conto de Tchekhov, ou, de maneira mais precisa, de uma imagem que havia encontrado num conto do russo e que nunca mais o abandonara. A imagem era a de um pelotão de soldados avançando por um caminho de terra batida. Os passos, caindo pesados sobre a terra, levantavam uma névoa de poeira que atingia o rosto do soldado que vinha atrás. A morte de Farnesi, pensou, era um desses momentos em que a poeira levantada pelo morto que vai à frente atinge com mais força o rosto do vivente que o segue, fustigando os seus olhos com a ardência acre da terra e trazendo um desejo de ter o rosto limpo.

Deitou o corpo na água e, boiando de costas no centro da piscina, fitou a imensa cordilheira de nuvens que pesava sobre o céu. Continuou a investigar, mas de uma maneira vaga, o que tanto o incomodava na morte do antigo colega. Poderia ser o fato de ver nele um semelhante (mais um professor que vinha gastando os seus anos e adoecendo em sala de aula), ou então experimentasse o luto pela morte do sujeito que o avisou dos perigos que corria um pouco antes das consequências dos seus atos se tornarem irreversíveis, ou poderia ser apenas respeito – um doloroso respeito – pelo falecimento de alguém que conseguia conferir alguma insubordinação e altivez à sua impotência perante o funcionamento do mundo.

*

A queda de energia veio no final da tempestade, quando caía uma garoa residual, de pingos tão finos que por vezes assumiam a materialidade de uma brisa úmida. Juliano foi até a sacada e teve a atenção atraída para os carros que transitavam por ruas imersas no breu, seguindo no rasto da ofuscante luz irradiada pelos faróis. Também avistou, no prédio do outro lado da rua, alguns vultos nas sacadas dos seus apartamentos, tornando a sombra mais espessa com as suas silhuetas. Ressoou um último estrondo, lento e tardio – quase como se alguém gravasse o som de um trovão e agora reproduzisse o áudio com metade da sua velocidade. Aturdido pelo início da embriaguez, Juliano passou em revisita a vida que vinha levando após o divórcio; uma rotina que misturava elementos de degradação (o alcoolismo crescente, a ânsia de buscar mulheres em aplicativos de encontros) e a retomada de um hábito perdido há muitos anos, e que consistia em lançar anotações esparsas num diário.

O prédio do outro lado da rua se iluminou e, em algum apartamento próximo, um grupo de jovens gritou e bateu palmas. O retorno da energia elétrica, contudo, não alterou o fluxo dos pensamentos de Juliano. Os elementos do dia – saber da morte de Farnesi, o mergulho na piscina, a onda de calor, as pesadas nuvens, a violenta e rápida tempestade, o uísque que havia bebido após voltar para o apartamento – começavam a se organizar em torno da necessidade de escrever algo. O pensamento, todavia, não indicava qualquer caminho que pudesse seguir. Diferente do que se dava na juventude, escrever já não o colocava diante de um álibi, de uma iluminada suspeita que sempre o atraía para uma próxima suspeita, para um próximo espanto, para uma entusiasmada investigação do mundo. Era mais como retomar a companhia de um amigo desagradável, rude, amargo, mas disposto a estar na sua companhia, a tolerar a sua mágoa, a acalentar a sua mediocridade; um amigo que aparecia cada vez mais, que agora tinha a coragem de procurá-lo quando estava no trabalho, ou quando ficava bêbado, ou quando passava os olhos pelos perfis de possíveis pretendentes no aplicativo de encontros.

De todo modo, é algo sem importância: assim definia para si mesmo a retomada do hábito de escrever, sempre que desistia do texto. Foi nesse momento que se lembrou de Simone, com quem já havia tido algumas relações sexuais e que, assim como ele, era um das moradoras do Village Santorini, um enorme condomínio da zona sul composto por pequenos apartamentos de apenas um quarto.

*

O Tinder está fraco hoje?, perguntou Simone, assim que Juliano entrou no seu apartamento. Quando ele enviara a mensagem de texto, alguns minutos atrás, perguntando se poderia subir, ela já havia se antecipado e anunciado que não estava inclinada ao sexo naquela noite. Juliano disse que não havia problema e que gostaria apenas de conversar. Então pode vir, respondeu, para agora recebê-lo com uma provocação que vinha se tornando a principal característica de uma relação marcada pelo despudor e pela crueza, o que permitia tanto a anunciação de pulsões sexuais quanto o prazer amargo de poder pontuar as conversas com ironias e confissões em que ambos podiam exibir a impotência da sua ferocidade.

Não tentei nada com nenhuma mulher hoje, respondeu. Simone estava na cozinha, separada da sala por apenas um balcão de granito. Serviu-se um copo de água, retirou um comprimido de uma cartela e o pousou sobre a língua.

Está com dor de cabeça?

Pode ser que sim, ou pode ser o meu anticoncepcional, ou então pode ser o antidepressivo. Que diferença faz?

Acho que nenhuma.

A sua esposa se chamava Mônica, não?

Débora.

E a Débora também anda se aventurando no Tinder?, tornou a provocar Simone.

Eu lá sei quantos paus ela anda chupando.

Não fica bravo, você sabe que é mais difícil para a mulher, contemporizou Simone, enquanto caminhava até a estreita sacada. Amanhã o calor está de volta, mudou de assunto, como se, durante um sonho, avistasse a aproximação de um demônio, e passou a dizer que, após mais uma noite no hospital, já não conseguia suportar o cansaço.

A sua mãe voltou a passar mal?

Ela nunca mais vai ser como antes.

Todos nós já furamos a bolha, não?, disse Juliano, enquanto fitava, alguns andares abaixo, no prédio do outro lado da rua, um grupo de jovens que conversava na sala.

Que bolha?

A bolha dos saudáveis. Já passamos a conviver com gente doente, com gente que morre. No começo, é o pai de um amigo, a mãe de uma conhecida, um colega de trabalho.

É assim mesmo, concordou Simone, sem entusiasmo. Juliano, que percebia sobre o peito o peso de um temor que lhe dava a sensação de respirar um ar rarefeito, continuou a falar, quase como se não mais houvesse tempo ou possibilidade para anunciar o seu rancor.

E há outros tipos de desilusões que passa a observar: aqueles que ficaram sozinhos, os casais que insistem, quem se divorcia após vinte anos de casamento, a apatia e a anemia espiritual das crianças que viu crescer. E isso apenas no campo sentimental, mas não é muito diferente em relação ao trabalho e outras escolhas. Você compreende que nunca vai ter mais do que já tem. E então surgem algumas perguntas. Que livro vai ler ao voltar pra casa? Para onde vai viajar nas próximas férias? O que vai almoçar amanhã? Quanto está disposto a gastar essa noite?

Então me diga. Quanto está disposto a gastar essa noite?, Simone devolveu a pergunta. Ao receber a questão, Juliano percebeu que tateava algo incógnito. Num movimento cauteloso, optou por, também ele, devolver a pergunta.

Você sabe quanto está disposta a gastar?

Não tenho muito.

Tempos de escassez, sorriu, ainda com os olhos voltados para os jovens que, no prédio do outro lado da rua, confraternizavam. Eu acho que a gente devia dar uma volta de carro pela cidade. A noite está bonita.

Aonde quer ir?

A gente vai até algum posto, pega algo para beber, e fica no carro.

Simone caminhou até o balcão de granito, onde pegou o telefone celular e verificou se tinha alguma notificação. Depois comentou que não gostaria de beber, mas aceitava sair para pegar um sanduíche e comer no carro. É que não quero ter que trocar de roupa, justificou-se.

*

Eu também não tenho muito para gastar, Juliano retomou o assunto quando já dirigia pela avenida Presidente Vargas, enquanto Simone, ao seu lado, observava o trânsito noturno e os pedestres. Teve a atenção voltada para um grupo de jovens – duas garotas e um rapaz – que esperavam o ônibus diante de um imenso supermercado, todos eles vestindo uniformes de uma rede de lanchonetes.

Está todo mundo cansado, comentou, alheia às palavras de Juliano, que – também indiferente ao que Simone havia dito – prosseguia com o seu discurso.

Mas acho que é ainda pior do que não ter muito para gastar. A sensação é outra. Olho para a cidade, para o apartamento, para o meu trabalho, para mim. Sinto que estou sempre nesse território onde todas as minhas dívidas existem.

E quem são os seus credores?, perguntou a mulher sem deixar de fitar o movimento noturno, fixando a sua atenção, à medida que o carro avançava, em elementos aleatórios. Um homem de meia idade que entrava na loja de conveniências de um posto de combustíveis, um grupo de pessoas que conversava na calçada diante de uma churrascaria, um rapaz magro que revirava o lixo junto a um poste em busca de materiais recicláveis, uma mulher que – no carro ao lado – mantinha as mãos agarradas ao volante, com um semblante duro, em que não se percebia nada além de uma exaustão persuasiva, presa ao centro imóvel do esgotamento que tragava a realidade para dentro do seu vórtice.

Você sabe. Os bancos, minha ex, minha filha, eu mesmo.

Jesus, por que estamos tão amargurados essa noite?, Simone tentou brincar.

Se quiser, podemos extravasar de outro jeito, Juliano insinuou enquanto corria a mão por entre as coxas da mulher. Simone riu, maliciosa, e afastou as mãos de Juliano do seu corpo.

Hoje você não vai conseguir comer ninguém sem lamentar horrores sobre a sua vida.

Você acha?

E eu já disse que não estou a fim.

*

Ao chegar à lanchonete, Juliano e Simone, cada um deles, escolheram o mesmo sanduíche, um copo de refrigerante, e optaram por dividir uma porção grande de batatas fritas. Após receber a comida, Juliano estacionou numa vaga que ficava diante de um imenso cartaz luminoso que trazia a publicidade de um sorvete. Em decorrência da chuva, ainda havia algumas poças de água escura refletindo a claridade do cartaz luminoso. Ao tirar a comida da embalagem, o cheiro provocou um princípio de náusea.

Na primeira mordida, já percebo a azia chegando, comentou, enquanto mastigava. Simone conteve o riso, levando a mão à boca porque ainda mastigava um pedaço do sanduíche.

Na hora você percebe que é lixo, não é mesmo?

E ao mesmo tempo não deixamos de comer, disse Juliano, e tornou a pensar em Tchekhov, no soldado que tem o rosto ferido pela poeira levantada pelo batalhão que segue à sua frente. Percebia que o luto – se de fato era luto o que havia experimentado durante a maior parte do dia – começava a empalidecer, e que Farnesi se transformava num dos inumeráveis mortos que encontrava pelo caminho e que desapareciam sem um gesto de despedida ou de conclusão.

Você sabe quem eu sou, não?, acabou por perguntar, mas sem ideia do motivo de ter formulado a questão.

Um cara meio triste, meio fracassado, perdido na vida, mas ainda assim um pau amigo. Pena que às vezes lamenta demais.

Juliano riu, satisfeito com o gesto de crueldade. Acho que você não poderia definir melhor.

E você sabe quem eu sou?, perguntou Simone, enquanto levava um pedaço de batatinha até a boca.

A verdade é que não sei, admitiu Juliano.

O que eu penso é o seguinte. Dois estranhos se encontram e percebem que se conhecem melhor do que imaginam. Dois estranhos começam a passar tempo juntos e percebem que o outro fica cada vez mais opaco. Não é misterioso, não é indecifrável. Apenas opaco, turvo. Acho que sou esse tipo de mulher. Esse tipo de mulher que conhece esse tipo de homem. Mas nenhum deles achava que é opaco, e em algum momento começa a me acusar de tudo estar uma merda.

No final, o que fica são as acusações, não é mesmo?

Olha só, uma vez aconteceu algo maluco comigo. Eu tinha 16 anos e entrava muito num bate-papo da internet. Aí comecei a conversar com um rapaz e um dia combinamos de nos conhecer. Marcamos no shopping, em frente ao boliche. Cheguei na hora e nada dele aparecer. Eu já estava indo embora quando ele surgiu do nada. Ele estava irritado e veio pra dizer que eu tinha mentido, e que por isso tinha demorado a me abordar. Eu fiquei meio sem entender o que estava acontecendo, sem reação nenhuma, e do nado ele começou a dizer, como se estivesse me condenando: você devia ter dito que não era branca. Repetiu isso umas três vezes, cada vez mais impaciente: você devia ter dito que não era branca. Acho que foi essa a primeira vez que um homem me acusou.

Mas você não é branca?

Acho melhor a gente voltar, Simone respondeu com impaciência.

Juliano, por sua vez, tentava entender o que tanto o incomodava no relato da mulher.

Você devia ter me contado essa história antes, acabou por dizer, enquanto ligava o carro.

E por quê?

Não sei. Acho que eu teria agido diferente.

Diferente como?

Não sei.

Que noite cretina, Simone não se conteve.

É difícil conhecer as pessoas, não?, perguntou Juliano, confuso, tentando remediar uma situação que, ele percebia, atingia um mal estar que já não podia controlar.

É sempre a pior parte, atacou Simone, o corpo agitado pela raiva. Sentia uma revolta crescente contra ela mesma por estar com Juliano, devolvida a um despertencimento que a acompanhava desde a adolescência. Tudo o que poderia acontecer entre eles já havia acontecido, afinal: uma raivosa e amarga descoberta do outro, e foi assim que passou em revisita o que já sabia sobre Juliano, num movimento de repulsa crescente que atingiu o seu ponto mais virulento quando ele, atônito e suplicante, virou-se para ela e perguntou se ainda estava tudo bem entre eles.

o consolo da distopia

Ícaro e Beatriz chegaram a Ribeirão Preto por volta das 04h40 de um dia do futuro, passageiros de um ônibus da linha Real Expresso, vindo de Goiânia. Desembarcaram sonolentos e atravessaram o saguão da rodoviária, ocupado por viajantes que dormiam usando as suas mochilas como travesseiros. Diante da escada rolante, um painel intercalava a relação das chegadas e partidas com provérbios bíblicos escritos em letra branca sobre um fundo negro. No pavimento térreo, todos os bares e lanchonetes estavam fechados. Alguns miseráveis pediam moedas, a maioria deles descalços, apesar do frio. Ícaro e Beatriz pararam diante de uma Parati vermelha com o porta-malas aberto, onde havia uma caixa de isopor revestida com papel alumínio e um filtro térmico com torneirinha. Ali compraram um pão com presunto e queijo e tomaram um café. Após a refeição, subiram em lenta caminhada rumo ao centro, onde conseguiram um quarto no Hotel Excelsior.

Uma vez instalados, Ícaro enviou uma mensagem para Juarez, avisando sobre a chegada, enquanto Beatriz entrou no banheiro para tomar um banho. Após o envio da mensagem, Ícaro caminhou até a sacada e fumou um cigarro enquanto observava, sob a marquise de um supermercado, alguns homens tentando dormir em meio a papelões e cobertores rasgados. Tinha o corpo dolorido pela viagem e pensava que também durante a fuga os dias tendem a se igualar, colhidos por uma desesperança amortecida pelo hábito, em que cada cautela era repetição de uma cautela já tomada antes.

Quando voltou para o quarto, olhou para Beatriz, que havia deitado com as costas voltadas para ele e parecia dormir. Ao ocupar o seu lugar na cama, tentou se movimentar o mínimo possível.

Juarez respondeu?

Ainda não.

Acha que foi uma boa ideia a gente voltar?, Beatriz perguntou após finalmente se voltar para Ícaro. Dentro da penumbra, ele teve a sensação de que a companheira havia chorado e que por isso os seus olhos pareciam encobertos por translúcidas teias de aranha.

*

Algumas horas depois, ao acordar, percebeu que não havia ninguém no quarto além dele. Concluiu que Beatriz devia ter saído para comprar algo para o café da manhã e pôs-se a esperar. Ainda deitado na cama, conferiu se Juarez havia enviado alguma mensagem sobre o encontro marcado para a tarde, e a ausência de resposta o deixou apreensivo. Depois, passou os olhos por um portal de notícias, mas já não conseguia se concentrar em nenhuma manchete. Caminhou até a sacada e voltou a contemplar o movimento da rua São Sebastião, que começava a se encher de gente que vinha para as compras de sábado sob um sol límpido e frio. Com mais atenção, observou um sujeito que dançava na calçada aos sons de uma música inexistente. Entre um passo de dança e outro, desvairado, entregava panfletos aos passantes.

Diante da demora de Beatriz, Ícaro se lembrou de uma história que o pai contava sobre os anos 70. O velho dizia que, numa noite de sábado, conversava com um vizinho na porta de casa e que, ao se despedirem, o rapaz falou que estava sem sono, que não tinha nada para ler, e perguntou se ele não teria algum livro para emprestar. O pai contava que, na época, adolescente, só tinha gibis em casa e que foi essa a sua resposta: se quiser, posso emprestar um gibi. O vizinho aceitou e o pai acabou por entregar algumas revistas de super-heróis. Na manhã seguinte, descobriu que o rapaz fora levado por agentes do Estado.

O relato, repetido diversas vezes durante a sua infância e adolescência, sempre terminava no momento em que o pai descobria que o vizinho fora capturado. Em certa ocasião, Ícaro perguntou o que havia acontecido com o sujeito após a sua prisão. Diante da pergunta, o pai revelou um incômodo inesperado, como se estivesse aborrecido pelo fato do filho não ter compreendido o seu relato e agora, como um mau leitor, exigir um epílogo desnecessário.

Eu tive um vizinho que certa noite me pediu gibis emprestados, eu emprestei, e algumas horas depois ele foi levado por torturadores e assassinos. É realmente preciso contar mais? – eis a queixa que Ícaro pressentiu na irritação do pai, que, todavia, não se furtou de responder. Disse que o vizinho voltou para casa poucos dias depois. Ressaltou que o rapaz, após a detenção, tornou-se um indivíduo taciturno, extraviado do mundo e de si mesmo, o que não era novidade em se tratando de pessoas levadas pelos militares. Ainda assim, chegou a abrir uma pequena livraria na rua Duque de Caxias, um estabelecimento que logo fechou as portas, e depois nunca mais teve notícias dele.

Enquanto evocava o relato do pai, Ícaro não ficava mais do que dez segundos sem verificar as notificações no seu telefone celular. As mensagens enviadas para Beatriz e Juarez não haviam sido sequer entregues. Também realizou diversos telefonemas, sem sucesso. Ao perceber que chegava a hora do check-out, teve a certeza de que a companheira não voltaria e que não era seguro continuar ali.

Na calçada da Rua São Sebastião, deparou-se com o sujeito que entregava panfletos. Era um rapaz magro, loiro, com um desastrado corte de cabelo, um riso alucinado e lascivo, os grandes dentes da frente saltando para fora da boca, roídos pela cárie. Ele vestia uma camiseta amarela e dançava ora na gélida sombra, ora na faixa de luz infiltrada entre os edifícios, e assim distribuía panfletos aos passantes e os panfletos diziam "Compro Ouro". Ícaro se lembrou de Rimbaud, de um poema do francês que ele e Beatriz tinham como um dos seus poemas de eleição, em que um casal de amantes chega à praça de uma cidade, e então o homem grita "meus amigos, quero que ela seja rainha", e a amante confirma, desvairada, quase desfalecendo: "quero ser rainha".

*

Em apenas cinquenta metros, em meio à multidão, cruzou com uma mulher que, pintada como a deusa da Justiça, posava como uma estátua viva, com um vendedor de bilhetes de loteria, com um homem que, em improvisados trajes de Homem de Ferro, acenava para as crianças e posava para fotografias em troca de algumas moedas, com dois irmãos gêmeos que, ao redor de uma caixa de som, dançavam a coreografia de "Thriller". Um casal se aproximou e entregou um panfleto conclamando Ícaro a um culto religioso. Diante da Praça XV, nas escadarias do teatro, um grupo composto por três jovens (dois rapazes, uma garota, nenhum deles com mais de vinte anos) coletava assinaturas contra o projeto de Emenda Constitucional que previa o aumento de ministros do Supremo Tribunal Federal. De certo, julgavam-se seguros porque protestavam em meio à multidão, mas logo Ícaro testemunhou o momento em que um grupo de policiais se aproximou dos jovens e determinou que deixassem de reunir assinaturas. Teve início um tumulto. Um dos rapazes foi algemado. A garota correu na direção da praça, gritando, e os policiais também a prenderam. A multidão se acotovelava. Um camburão invadiu o calçadão, abrindo passagem em meio às pessoas. Ícaro percebeu o momento em que um dos policiais, curvado sobre a mulher, bateu o seu rosto contra o capô da viatura enquanto a algemava.

Logo depois, enquanto se afastava rumo à Duque de Caxias, Ícaro se perguntava por que não tomara parte da ocorrência. Sentia o corpo tensionado pela impotência do ódio. Uma consulta na sua folha de antecedentes apontaria uma condenação pela prática de crimes previstos na Nova Lei da Segurança Nacional, e que estava com a pena pendente de cumprimento. Sabia o que significava a condenação que carregava e as consequências caso fosse capturado. Com um tremor de náusea e medo, pensou em Beatriz. Rememorou relatos de estupro coletivo (a imagem da jovem jogada contra o camburão, com o rosto sujo de sangue, voltou aos seus pensamentos), de corpos encontrados em canaviais, calcinados, dentro de carros destruídos pelo fogo.

Na loja de móveis usados, perguntou por Juarez. Um vendedor disse que ele ainda não chegara para trabalhar e perguntou se ele próprio não poderia ajudá-lo, tomando-o por um possível cliente.

É um assunto pessoal.

Se quiser, pode esperar aqui.

Ícaro mais uma vez conferiu se havia mensagens de Beatriz ou Juarez. O rádio estava sintonizado numa estação que tocava sucessos de Tim Maia, e trechos de "Gostava Tanto de Você" se misturavam aos sons de uma sirene de polícia e à gritaria de um carro de som que anunciava a abertura de um novo restaurante. Voltou a pensar no relato do pai. Caminhou até a calçada e olhou em ambas as direções, tentando adivinhar qual dos estabelecimentos da rua poderia ter sido a livraria. Sentia-se vencido pela espera e foi nesse momento que se deparou com o primeiro acontecimento milagroso do dia: um Fiat 147, cor creme, com a chave na ignição, estacionado diante de uma loja tomada por clientes em busca de produtos e doces para a temporada das festas juninas.

Animado por um impulso irrefreável e absurdo, Ícaro entrou no carro e deu partida. Por um momento esquecido dos fatos da manhã, experimentou um prazer infantil em dirigir um veículo tão antigo. O câmbio raspava a cada troca de marcha, reforçando a sensação de máquina dominada pela ferrugem. Todos os bancos estavam com o estofo rasgado. No vidro traseiro, havia um adesivo com a imagem de Nossa Senhora de Aparecida e a frase "Rogai por nós, os pecadores". Até a avenida Francisco Junqueira, seguiu tomado pelo arrebatamento da fuga. Apenas quando parou no semáforo começou a organizar os pensamentos: observou que o ponteiro do combustível indicava que o tanque estava com aproximadamente um terço da sua capacidade. Com sorte, conseguiria avançar em torno de cinquenta quilômetros.

*

Um estrépito de chicote sinalizou a passagem do sinal vermelho para o verde. Ícaro virou a cabeça para o lado e se deparou com um carroceiro açoitando um cavalo para que o animal se colocasse em movimento, que nem com o chicote passava a um trote acelerado, tamanha a carga que suportava: o homem com o açoite e um pequeno monte de areia.

Na altura da rua Monsenhor Siqueira, um tranco sacudiu o Fiat, e, na sequência, o motor sucumbiu. Ícaro tentou dar a partida algumas vezes, mas logo compreendeu que não havia qualquer esperança de seguir adiante. Sem sair do automóvel, olhou ao redor, mirando a fantasmagoria dos Campos Elíseos. Estava próximo da antiga casa da avó e, sem ideia melhor, resolveu ir até o local, caminhando por quarteirões de casas com os portões roídos pela ferrugem e com a pintura exterior descamando das paredes. Uma ou outra velha, munida de vassoura e pá, recolhia o lixo que se acumulava nas sarjetas. Havia quarteirões com mais da metade das residências desocupadas, intercaladas por improváveis estabelecimentos comerciais (uma loja que vendia pianos, uma oficina de lambretas).

Enquanto caminhava, Ícaro ora pensava em Beatriz, ora revisitava a história da casa da sua avó, vendida após a sua morte e posteriormente reformada para servir como um pequeno restaurante de bairro que funcionava apenas entregando refeições baratas; um desses comércios destinados à falência desde o início, marcados por escolhas precárias e genéricas, a começar pelo nome: Expresso da Marmita. Depois, a casa chegou a ser utilizada como uma loja que vendia capas e demais apetrechos para telefones celulares, o que tampouco prosperou, até que alcançou o seu destino de imóvel abandonado, um dos muitos nos Campos Elíseos, entregue à sorte de uma lenta deterioração, invadido por ratos e moradores de rua, com o chão da varanda tomado por panfletos lançados por entre as grades do portão, com os vidros das janelas quebrados, com a porta de entrada fora dos gonzos, deixando entrever, no interior do imóvel, o vazio pontuado por sinais inequívocos de degradação: lençóis no chão em meio a latas de cerveja improvisadas como cachimbos para a queima do crack, uma cadeira reduzida à armação de metal, e, nas paredes, pichações que sinalizavam um tempo ruim e uma terra sem esperança.

Como está o seu Moacir?, perguntou à jovem atrás do balcão da padaria, lembrando-se das tardes em que ia visitar a avó e a velha entregava a ele um rolinho de dinheiro e pedia que fosse até a padaria e comprasse uma rosca ou uma broa de fubá.

Morreu ano passado, respondeu a garota, e Ícaro reparou em como a padaria também naufragava com todo o bairro: o piso do chão, gasto pelos anos, recoberto por sucessivas camadas de poeira; quebradas, a maioria das banquetas; o tampo do balcão descolando em diversos pontos; vazios os mostruários de vidro onde antes ficavam as roscas, doces e biscoitos. Havia uma cesta de vime repleta de pálidos pães franceses do outro lado do balcão. Na prateleira, uma sequência de garrafas ardia na obscuridade da tarde fria, recobertas por uma oleosa camada de sujeira. Acima das garrafas na prateleira, também recoberto por uma oleosa camada de sujeira, viu um quadro com São Jorge em sua santa luta contra o dragão. Ao lado do quadro, uma televisão (ligada no mudo) exibia um filme em que Jackie Chan derrotava, com golpes de kung fu, diversos caubóis.

Vocês servem marmita?

Vinte reais, respondeu a jovem, e, diante da anuência de Ícaro, atravessou uma porta que dava para os fundos da padaria. Alguns segundos depois, retornou com um prato composto por arroz, feijão, abobrinha refogada, e um acém feito na panela de pressão, embora a carne (muito gordurosa) ainda estivesse dura. Agora, Jackie Chan cavalgava contra o pôr do sol, que, por um defeito da televisão, era esverdeado, em tons de formol. Entre uma garfada e outra, pensou em Beatriz e a memória do seu gosto – a sua doçura que cheirava a terra ensolarada – por um momento brincou na sua língua, até que foi sobreposto pela textura de carne rançosa.

Ao terminar de comer, voltou a ligar para Juarez, mas o telefone tocou até cair na caixa postal. Também voltou a telefonar, sem sucesso, para Beatriz. Pela sua garganta, agora, subia um princípio de desespero, uma náusea intensa, mas que não se precipitava em choro ou vômito, e que tampouco dissipava o seu agônico alheamento.

*

Seguiu caminhando pela avenida da Saudade e, ao passar diante de uma loteria, deparou-se com o segundo milagre do dia: um Corcel II verde metálico, que, a exemplo do Fiat 147, estava com os vidros abertos e com a chave deixada na ignição. Olhou na direção da loteria e não avistou um único cliente. Pensou que o acaso absurdo exige resoluções igualmente absurdas, de modo que entrou no veículo. Ao girar a chave, o milagre revelou toda a sua generosidade. O tanque de combustível estava com três quartos da sua ocupação.

Em poucos minutos, seguia pela avenida Brasil, um lugar conhecido por seus desmanches, por vender sucatas, por pátios de terra batida ocupados por veículos acidentados, irreconhecíveis, reduzidos a restos de incêndio. Um rápido olhar a cada um desses veículos era o equivalente a iniciar uma contagem de mortos, de famílias inteiras dilaceradas, de pessoas que queimaram, que perderam os braços e as pernas, que morreram com as cabeças separadas do resto dos corpos, que não puderam ser identificados, que nunca foram sequer encontrados.

Um cachorro atravessou a pista correndo e atingiu o para-choque do veículo, provocando um ruído surdo. Ícaro estacionou o Corcel sobre o acostamento de terra, diante de uma dezena de caçambas que a prefeitura mantinha para o descarte de sobras de construção e materiais não alcançados pela coleta regular de lixo. Caído a uns dez metros de distância, ganindo baixinho, avistou o cão atropelado; um animal de porte mediano, de longos pelos negros que o tempo tratou de embaraçar, formando nós endurecidos pela sujeira. O cão tentava se erguer. Ao se aproximar, Ícaro se lembrou de que trazia no bolso um saquinho com alguns amendoins, que ofereceu ao animal. Ao perceber a possibilidade de comida, o cachorro conseguiu se colocar sobre as patas. Esticou o focinho, farejou, a língua saltou de dentro da boca para uma lambida tímida, que deu origem a uma mastigada vagarosa.

Ícaro pousou o restante dos amendoins no solo e caminhou de volta ao Corcel para verificar se o veículo tinha condições de seguir, e constatou que os danos se resumiam a um amassado no para-choque. Lançou novo olhar na direção do cachorro, que, após comer, arrastando uma das patas traseiras, preparava-se para atravessar a avenida. Ícaro ensaiou um passo na sua direção, tentando resgatá-lo, mas o bicho se lançou no meio da pista e, correndo perdido entre caminhões e ônibus, continuou a sua fuga.

Da mesma forma, Ícaro seguiu adiante, passando por fileiras cada vez mais cerradas de prostitutas nas esquinas. Os desmanches iam rareando, dando espaço a terrenos baldios e motéis para sexo clandestino, e então finalmente avistou, parado junto ao trevo no final da avenida, uma viatura de polícia.

Embora já não tivesse esperanças de escapar, o hábito adquirido fez com que adotasse as cautelas habituais: baixou os vidros para não passar a ideia de que era um tipo suspeito, desacelerou para eliminar qualquer possibilidade de veículo em fuga, e, ao alcançar a viatura, não desviou o olhar dos policiais. Um deles era um sujeito com um topete untado de gel, óculos escuro de aviador, e apontava um fuzil para um grupo de três rapazes negros. O outro policial estava dentro da viatura da polícia e falava no rádio.

Ao passar ileso, já na saída para a rodovia Cândido Portinari, atordoado, não sabia qual era a natureza do automóvel que conduzia: se um milagre, um caixão motorizado, ou um *rocinante* mecânico que o levaria ao encontro dos moinhos que nunca conseguiria vencer – e foi com esse pensamento que mirou os canteiros de flores amarelas que se alastravam junto ao acostamento da estrada, uma companhia constante durante aquela interminável fuga pelos domínios do cerrado. Lembrou-se de quando Beatriz disse que essas flores amarelas eram conhecidas por girassóis mexicanos, e da tarde em que ela, após consultar um site de jardinagem, passou a ler em voz alta as suas características: capacidade de resistir à seca e ao calor, planta de eleição para jardins de inspiração desértica, erva daninha que dedica um amor paciente à escassez.

Daniel Francoy (Ribeirão Preto, 1979) é poeta e prosador. No Brasil, publicou os livros *Identidade* (Prêmio Jabuti - poesia), *A Invenção dos Subúrbios* (finalista no Prêmio Jabuti - crônica), *O Ganges Represado*, *O Velho Que Não Sente Frio e Outras Histórias* e *O Livro do Martim*. Em Portugal, publicou os livros E*m Cidade Estranha* e *Calendário*, e na Argentina publicou a plaquete *Este jardin fue construido*.

9788593478307

Este livro foi impresso na gráfica PSI7, em papel pólen natural 80 g/m² (miolo) e cartão 250g/m² (capa) e composto em Garamond no mês de novembro de 2024